Peter Grosche

Operation Glienicke

· Tödliche Jagd zwischen Ost und West ·

Peter Grosche

Operation Glienicke

· Tödliche Jagd zwischen Ost und West ·

Wenn die Vergangenheit nicht ruht, entscheidet die Wahrheit über Leben und Tod. Ein geheimer Austausch auf der Glienicker Brücke. Ein einziger Schuss. Dann das Massaker.

Klara Voigt, Top-Agentin des BND, sollte an diesem Abend nach Deutschland zurückkehren – doch stattdessen wird sie zur Gejagten. Jemand wollte diesen Austausch verhindern. Jemand mit Verbindungen bis in die höchsten Ebenen der Macht. Während Berlin durch einen massiven Cyberangriff ins Chaos stürzt, wird Klara von allen Seiten gehetzt: vom eigenen Geheimdienst, von russischen Killern und von einer CIA, die ihre eigene Agenda verfolgt.

Ihre einzige Spur: ein Name, den es nicht geben dürfte. Ein Name, der mehr als nur ihren Tod bedeutet – er ist der Schlüssel zu einer Verschwörung, die ganz Europa in Brand setzen könnte. Doch jeder, der Klara helfen könnte, wird systematisch eliminiert. Während die Stadt kurz vor dem Abgrund steht, bleibt nur eine Wahrheit: Das Spiel ist noch nicht vorbei. Und es wird dort enden, wo es begann: Auf der Glienicker Brücke.

Impressum

Text/Story: © 2025 by: Peter Grosche

Umschlaggestaltung: © 2025 by: Peter Grosche

Verlag: BoD · Books on Demand GmbH,
                       Überseering 33, 22297 Hamburg, bod@bod.de

Druck: Libri Plureos GmbH,
                       Friedensallee 273, 22763 Hamburg

ISBN: 978-3-7693-7711-8

Inhaltsverzeichnis

Prolog

Glienicker Brücke, Berlin – 13. Februar 1986, 03:12 Uhr

Der Regen fiel unaufhörlich auf den Asphalt, feine Tropfen, die im schwachen Licht der Straßenlaternen glitzerten. Die Luft war kalt, gesättigt mit der feuchten Schwere eines Berliner Winters. Nebelschwaden krochen über die Havel, verschluckten die Uferböschungen, ließen die Brücke wie eine Insel im Nichts erscheinen.

Acht Männer standen sich gegenüber – vier auf jeder Seite. Sie bewegten sich nicht. Kein Zucken, kein nervöses Husten. Nur die gleichmäßigen Atemwolken, die in der eisigen Luft zerfielen.

Zwischen ihnen lag eine unsichtbare Grenze. Auf der einen Seite die Vereinigten Staaten, auf der anderen die Sowjetunion. Dazwischen – Neutralität. Zumindest offiziell.

Ein CIA-Beamter mit regennassem Trenchcoat trat einen Schritt vor. Seine Stimme war ruhig, sachlich.

„Major Anatoli Grischenko für Mr. David Callaghan."

Der Mann, den er ansprach, war ein hochrangiger KGB-Offizier. Eine Schachfigur im Kalten Krieg, gefangen genommen in Prag, als er versuchte, einen Doppelagenten zu exfiltrieren. Auf der anderen Seite stand Callaghan, ein Amerikaner, der sich in Moskau zu sicher gefühlt hatte. Die Sowjets hatten ihn vor drei Jahren verhaftet. Man munkelte, sie hätten ihm die Zähne ausgeschlagen, ihm tagelang Wasser entzogen, ihn in finsteren Kellern verrotten lassen.

Nun waren sie beide hier, mitten in der Nacht, mitten auf der Brücke. Ein Austausch.

„Gehen Sie."

Callaghan zögerte. Sein Gesicht war eingefallen, die Haut kränklich bleich. Er bewegte sich langsam, als ob jeder Schritt eine immense Kraftanstrengung bedeutete. Sein Blick wanderte kurz zu den Sowjets, dann senkte er den Kopf und ging los.

Grischenko tat es ihm gleich. Sein Gesicht blieb ausdruckslos, die Schultern gerade. Ein Soldat, ein Mann, der wusste, was ihn erwartete. In Moskau warteten keine Medaillen auf ihn, nur endlose Verhöre, der Verdacht, dass er zu viel gesagt hatte.

Sie passierten einander. Zwei Schritte. Drei.

Dann fiel der erste Schuss. Ein harter Knall, ein Echo über dem Wasser. Grischenko riss die Augen auf, griff sich an die Brust. Blut breitete sich auf seinem Mantel aus wie Tinte in Wasser. Sein Körper sackte in sich zusammen.

„Scharfschütze! Runter!"

Callaghan stolperte nach vorne, sein Gesicht verzog sich vor Schmerz. Er taumelte, ein Ruck ging durch seinen Körper – der zweite Schuss. Ein sauberes Loch in seiner Stirn. Er kippte um, der Aufprall auf den nassen Pflastersteinen war kaum zu hören im Chaos, das jetzt ausbrach.

Waffen wurden gezogen. Schreie hallten durch die Nacht. Ein sowjetischer Soldat versuchte, in Deckung zu gehen – der dritte Schuss traf ihn im Rücken, warf ihn über das Brückengeländer. Ein dumpfes Platsch, dann war er weg.

Der Regen fiel weiter, wusch das Blut über die Pflastersteine, ließ es in dunklen Schlieren in die Kanalisation rinnen.

Dann – Stille.

Kein Schuss mehr. Keine Stimmen. Nur noch der Wind, der das Echo der Schüsse über die leeren Straßen von Berlin trug.

Ein geplatzter Austausch. Zwei Seiten, keine Sieger.

Glienicker Brücke, Berlin – 16. September 2024, 05:47 Uhr

Fast vierzig Jahre später.

Die Brücke hatte sich kaum verändert. Dieselben massiven Stahlträger. Dieselben Straßenlaternen, die ein fahles Licht auf das Pflaster warfen. Dieselbe Dunkelheit, in der der Morgennebel hing wie kalter Rauch.

Und wieder standen sich zwei Gruppen gegenüber.

Acht Schatten, getrennt durch den leeren Raum zwischen ihnen.

Die Stille war dieselbe. Das Spiel war dasselbe.

Doch diesmal war es keine Verhandlung. Kein Austausch.

Diesmal war es ein Urteil.

1. Der Austausch

1.1. Die Stille vor dem Sturm

Der Wind kam in kalten Böen aus Nordwesten und trieb dünne Nebelschwaden über den Asphalt der Glienicker Brücke. Es war eine jener Nächte, in denen Berlin wie eine Stadt ohne Zeit wirkte – still, eingefroren, als hätte der Atem der Vergangenheit sich über die Straßen gelegt und sie mit einer unsichtbaren Schicht aus Geschichte und Tod überzogen.

Klara Voigt zog die Schultern an, schob die kalten Hände tiefer in die Taschen ihres Mantels und ließ den Blick über die Brücke wandern. Die Feuchtigkeit in der Luft brannte auf ihrer Haut. Ihr Körper fühlte sich an wie eine Hülle, abgenutzt und leer. Monatelange Gefangenschaft, Isolation, Verhöre.

Sie hatte ihren Geist über Wasser gehalten, hatte ihre Gedanken abgeschirmt. Doch jetzt, in der Freiheit, war es die Stille, die sie erdrückte.

Die Glienicker Brücke lag da wie eine Narbe zwischen zwei Welten. Ein Relikt aus einer anderen Zeit, in der der Krieg noch kalt war, aber niemals harmlos.

Ein Ort, an dem Spione gegen Spione getauscht wurden, während Männer in dunklen Mänteln im Schatten zusahen. Sie war ein Symbol für Dinge, die nie wirklich vorbei waren.

Der Austausch würde in wenigen Minuten stattfinden. Zwei Gruppen standen sich gegenüber, starr wie Skulpturen, getrennt durch den leeren Raum zwischen ihnen.

Der BND und die CIA auf der einen Seite, der FSB auf der anderen.

Vier Männer hier. Vier dort. Perfekte Symmetrie.

In der Mitte – die unsichtbare Linie zwischen Leben und Tod.

Klara kannte die Prozedur. Der Austausch war fast rituell: Jeder kannte seinen Platz, jede Bewegung war durchdacht, jedes Wort ausgewogen. Aber etwas war anders in dieser Nacht. Sie spürte es tief in ihren Knochen, ein Zittern im Nervensystem, das nicht von der Kälte kam.

Ihr Blick wanderte zu dem Mann auf der anderen Seite.

Nikolai Vetrovin.

Er war größer als sie, kantiges Gesicht, kurzes dunkles Haar, russische Züge, aber ohne das gewöhnliche harte, überhebliche Grinsen der FSB-Agenten. Seine Augen verrieten ihn.

Er wirkte nicht erleichtert. Er wirkte nicht einmal angespannt.

Er wirkte... misstrauisch.

Ein leiser Schauer lief Klara über den Rücken.

Warum?

Sie hatte ihn noch nie getroffen, wusste nur, dass er ein hochrangiger Spezialist für Cyberkriegsführung war. Der FSB wollte ihn zurück, koste es, was es wolle. Doch warum wirkte er, als ob er lieber auf der anderen Seite geblieben wäre?

Vielleicht weiß er etwas, das ich nicht weiß.

Sie nahm einen langsamen Atemzug. Der Geruch von Feuchtigkeit und Schießpulver hing in der Luft – ein schwacher, fast nicht wahrnehmbarer Hauch, aber sie kannte ihn.

Sie kannte ihn verdammt gut.

Instinktiv glitt ihr Blick über die dunklen Silhouetten um sie herum. Carter stand nicht weit entfernt, die Hände in den Manteltaschen, der Kragen hochgestellt. Sein Gesicht war eine Maske aus Stahl. Nathan Carter war ein Mann, der immer alles unter Kontrolle hatte.

Aber jetzt... jetzt war da etwas in seiner Haltung. Ein minimaler, unmerklicher Anflug von Anspannung.

Verdammt.

Klara ballte die Hände in den Taschen zu Fäusten. Etwas stimmt hier nicht.

Sie kannte das Gefühl. Das Ziehen in der Magengrube, der Moment vor einer Explosion, bevor alles auseinanderbrach.

"Es ist Zeit", sagte Carter leise.

Klara wandte den Blick nicht von Vetrovin ab. Er hatte ihn ebenfalls nicht von ihr gelöst.

Ein Schritt vorwärts.

Vetrovin bewegte sich gleichzeitig. Ein Schritt. Zwei. Drei.

Die Brücke war in Dunkelheit getaucht, nur das schwache Leuchten der Laternen warf gespenstische Reflexionen auf die nassen Pflastersteine. Der Geruch von Regen und Metall lag in der Luft.

Noch ein Schritt.

Klara sog die Luft ein. Ihre Finger verkrampften sich in den Taschen ihres Mantels.

Dann sah sie es in Vetrovins Blick. Er wusste es.

1.2. Das Massaker beginnt

Und dann kam der erste Schuss aus der Dunkelheit.

Ein kurzer, gedämpfter Knall – ein Geräusch, das in der Stille der Nacht fast unterging. Doch die Wirkung war verheerend.

Nikolai Vetrovin zuckte nach hinten, als hätte ihn ein unsichtbarer Hammer in die Brust getroffen.

Ein dunkler Fleck breitete sich auf seinem Mantel aus. Er taumelte, seine Beine gaben für einen Moment nach. Dann fing er sich, machte instinktiv einen Schritt zurück, als würde er selbst nicht glauben, dass er noch stand.

Klara hörte das Geräusch einer Kugel, die auf Metall traf. Ein Echo über der Brücke. Ein zweiter Schuss.

Ein BND-Agent, keine zwei Meter von ihr entfernt, riss die Arme hoch, als würde er nach etwas greifen, das nicht da war. Blut spritzte aus seinem Hals. Ein dunkler Schwall, warm gegen die Kälte der Nacht. Sein Körper sackte auf die Knie, die Hände zuckten hilflos an der klaffenden Wunde, als könne er die Zeit anhalten, die Kugel rückgängig machen. Ein keuchender Laut, ein verzweifeltes Gurgeln. Dann fiel er vornüber, das Gesicht im nassen Pflaster.

Chaos.

Eine Sekunde lang stand die Welt still. Dann brach die Hölle los.

"Deckung! Scharfschütze!" brüllte jemand. Waffen wurden hochgerissen, Schreie hallten über die Brücke, Männer schmissen sich in Deckung. Weitere Schüsse knallten, lauter jetzt, scharf und präzise.

Klara reagierte instinktiv. Ihr Körper war schneller als ihr Verstand. Sie warf sich zur Seite, riss sich los von dem eisigen Boden, schlug mit der Schulter gegen die massive Stahlverstrebung. Metall klirrte leise, der Aufprall vibrierte in ihren Knochen.

Deckung.

Sie hörte weitere Schüsse, sah aus den Augenwinkeln, wie ein CIA-Agent nach hinten kippte, ein Loch mitten in seiner Stirn. Das Licht der Straßenlaternen spiegelte sich in dem frischen Blut, das langsam über das Pflaster rann.

Klara presste sich an das kalte Metall, das Herz ein wilder Puls gegen ihre Rippen. Das hier war kein improvisierter Angriff. Das war eine verdammte Exekution.

Ein dritter Schuss. Metall splitterte über ihrem Kopf. Sie hörte, wie jemand fluchte, dann das dumpfe Aufschlagen eines Körpers auf dem Steinboden.

Sie musste sich bewegen.

Vetrovin.

Sie riskierte einen kurzen Blick. Er lebte noch.

Er taumelte zurück, die rechte Hand auf seine Schulter gepresst, wo der Mantel dunkel durchtränkt war. Sein Blick war ein einziger, ungläubiger Fluch. Dann setzte er sich in Bewegung. Nicht in ihre Richtung. In die Dunkelheit.

Er verschwindet.

Er stolperte, riss sich zusammen, schaffte es bis zum Geländer – dann kippte er darüber. Ein kontrollierter Sturz. Kein panisches Fallen, sondern eine gewollte Flucht in die Schatten unter der Brücke.

"KONTAKT VERLOREN!" Ein CIA-Mann riss sein Funkgerät hervor.

Schüsse. Ein russischer Agent versuchte, über das Brückengeländer zu rennen, wurde von einer Kugel in den Rücken getroffen. Sein Körper wurde nach vorne geschleudert, bevor er mit dem Gesicht auf das Pflaster schlug.

Das Echo der Schüsse hallte über das Wasser.

Klara spürte, wie ihr Atem schneller ging. Ihre Finger schlossen sich fester um den kalten Stahl.

Dann – Schritte.

Nahe. Viel zu nahe.

Sie drehte den Kopf, und in der Dunkelheit sah sie ihn. Eine Silhouette, groß, schwer gepanzert, eine Waffe mit Schalldämpfer im Anschlag. Der Angreifer bewegte sich methodisch, schritt über die Leichen, prüfte die Körper, suchte Überlebende.

Er war anders. Er bewegte sich nicht wie ein gewöhnlicher Schütze. Nicht hektisch, nicht panisch. Er hatte die Ruhe eines Mannes, der wusste, dass er gewinnen würde.

Sie war dran.

Klara biss die Zähne zusammen. Sie hatte keine Waffe. Keine Chance im offenen Kampf.

Aber sie hatte noch ihren Verstand.

Langsam, lautlos, ließ sie sich tiefer hinter die Brückenverstrebung sinken. Sie spürte den kalten Stahl in ihrem Rücken, ihre Muskeln waren gespannt wie Seile.

Die Schritte kamen näher.

Dann stand er direkt vor ihr - sein Schatten fiel auf sie.

1.3. Die Flucht ins Dunkel

Klara spürte seinen Blick, bevor sie ihn wirklich sah.

Der Schatten des Mannes fiel direkt auf sie, eine dunkle Silhouette gegen das schwache Licht der Brückenlaternen. Er bewegte sich langsam, methodisch, wie jemand, der sich sicher war, dass seine Beute nirgendwo mehr hinkonnte. Ein Jäger, der das Spiel genoss.

Sie hielt den Atem an. Ihr Rücken war kalt vom Stahl, ihre Finger krallten sich in das feuchte Pflaster. Jede Faser ihres Körpers schrie nach Bewegung, nach Flucht – doch sie zwang sich zur Erstarrung.

Sehen ist Bewegung. Hören ist Atmen.

Der Killer stand keine zwei Meter entfernt. Sein Blick glitt über die Brückenverstrebung, an der sie kauerte, suchte nach Anzeichen für Leben. Klara wagte es nicht, die Augen zu schließen. Ihre Muskeln schmerzten vom Stillhalten.

Ein Tropfen Blut löste sich von ihrem Ärmel und fiel auf den nassen Asphalt. Ein kaum hörbares Geräusch.

Der Mann erstarrte.

Fuck.

Er bewegte sich. Ganz langsam drehte er den Kopf in ihre Richtung. Sein Gewehr kam hoch.

Jetzt oder nie.

Klara sprang aus ihrer Deckung. Ihre Schulter krachte gegen das Metall, sie stieß sich ab, katapultierte sich nach vorne. Der Killer riss die Waffe hoch, aber er war eine Sekunde zu spät. Sie war bereits an ihm vorbei.

Laufen.

Sie hörte das metallische Klacken eines durchgeladenen Magazins, dann den ersten Schuss. Etwas Zischendes raste an ihrem Kopf vorbei, traf das Brückengeländer mit einem dumpfen Schlag. Ein weiterer Knall, und eine der Laternen über ihr zersplitterte, warf funkelnde Glassplitter in die Luft.

Nicht nachdenken. Laufen.

Der Asphalt unter ihren Füßen war rutschig, ihre Stiefel quietschten auf dem nassen Pflaster. Das Ende der Brücke schien endlos weit entfernt. Der Wind zerrte an ihrem Mantel, Regentropfen stachen wie Nadeln auf ihre Haut.

„STOPPEN SIE SIE!"

Die Stimme war ein Befehl. Hart. Unnachgiebig. Carter.

Hinter ihr brachen mehrere Männer in Bewegung aus. Klara hörte das Knirschen schwerer Stiefel, das metallische Klacken von durchgeladenen Waffen.

Sie wurde gejagt.

Sie spurtete an einer Leiche vorbei, einem russischen Agenten, dessen Augen noch weit offenstanden, als könnte er immer noch nicht begreifen, was passiert war.

Schüsse.

Der erste bohrte sich in die Brücke direkt neben ihr. Beton spritzte hoch, feiner Staub brannte in ihren Augen. Der zweite streifte ihren Ärmel, riss den Stoff auf.

Zu langsam.

Sie hatte keine Deckung mehr. Sie musste runter.

Der Brückenrand kam näher. Die eisernen Verstrebungen waren rutschig, vom Regen dunkel glänzend. Unter ihr lag das Ufer der Havel, dichter Wald, nasses Erdreich.

Zu hoch. Scheiß drauf. Klara sprang.

Sie fühlte den Fall, das reißende Gefühl in der Magengrube, als ihr Körper durch die Dunkelheit stürzte. Dann schlug sie auf. Hart.

Schmerz explodierte in ihrem linken Bein, eine dumpfe Welle, die sich durch ihr Knie zog. Sie überschlug sich, Wurzeln kratzten an ihrem Gesicht, Erde und Laub füllten ihren Mund.

Dann – Stille.

Ich bin nicht tot.

Sie lag auf dem Rücken, die Lunge brannte, das Blut rauschte in ihren Ohren. Über ihr ragten die kahlen Äste der Bäume in die schwarze Nacht, verzerrt und gespenstisch.

Sie konnte sich bewegen - sie lebte.

Dann Schritte - oben, an der Brücke.

„Hat sie es geschafft?" fragte eine Stimme.

„Unwahrscheinlich." Carter.

„Wir sollten runtergehen."

„Nein." Stille. „Wenn sie es überlebt hat, finden wir sie."

Klara presste die Hände gegen den Waldboden, fühlte die Feuchtigkeit des Erdreichs unter ihren Fingern. Sie hörte das entfernte Knistern eines Funkgeräts, dann Schritte, die sich entfernten.

Es war noch nicht vorbei Sie musste weiter.

Langsam rollte sie sich zur Seite, schob sich lautlos auf die Knie. Sie biss die Zähne zusammen, als ihr verletztes Bein protestierte. Das Ufer war steil, voller Wurzeln, der Boden nass und rutschig.

Ein Geräusch ließ sie erstarren.

Nicht von oben. Nicht von der Brücke.

Von unten. Zwischen den Bäumen.

Schwere Stiefel, ein langsames, bedachtes Geräusch.

Jemand war bereits hier... und er hatte keine Eile.

1.4. Erste Jagd, erste Falle

Die Dunkelheit des Waldes war absolut.

Klara kauerte reglos zwischen den Bäumen, ihr Herz raste, jeder Atemzug brannte in ihrer Brust. Die feuchte Erde unter ihren Fingern war kalt, der Geruch von nassem Laub und abgestorbenem Holz drang in ihre Nase. Sie wollte nicht atmen, wollte nicht einmal existieren.

Doch sie war nicht allein.

Die Schritte waren kaum hörbar, aber sie waren da. Ein langsames, bewusstes Setzen eines Stiefels auf feuchten Waldboden. Kein hektisches Rennen, keine panische Suche. Nur ruhige, methodische Bewegung. Der Mann wusste, dass sie hier war.

Dimitri Asarow jagte nicht aus der Distanz. Er jagte aus nächster Nähe.

Klara hatte seinen Namen gehört, geflüstert in den Gängen von Moskaus dunkelsten Gefängnissen. Ein Killer ohne Eile, der sich seine Opfer ansah, bevor er sie erledigte. Ein Mann, der nicht schoss, wenn er es nicht musste.

Sie war die Beute.

Ein Tropfen Schweiß rann an ihrer Schläfe hinunter. Ihr Knie pochte von dem Sprung, aber der Schmerz war nichts gegen das Adrenalin, das durch ihre Adern hämmerte.

Die Stille war zu perfekt.

Er wusste, dass sie ihn gehört hatte. Er wollte, dass sie wusste, dass er da war.

Sie musste sich bewegen.

Vorsichtig verlagerte sie ihr Gewicht, zog sich langsam tiefer ins Unterholz, Zentimeter für Zentimeter. Jeder Muskel in ihrem Körper war angespannt, ihr Atem flach. Ein Tannenzweig brach leise unter ihrer Hand.

Die Schritte hielten inne.

Sie erstarrte.

Sekunden verstrichen. Langsam, quälend langsam.

Dann ein neues Geräusch – ein leises Schaben. Eine Hand, die über die Rinde eines Baumes glitt.

Ein kalter Schauer lief ihr den Rücken hinunter.

Er war so nah, dass sie ihn fast riechen konnte.

Asarow genoss das Spiel.

Klara presste sich gegen den Stamm eines Baumes, spürte die raue Rinde im Rücken. Ihr Blick glitt suchend über den Waldboden. Sie brauchte eine Waffe. Irgendetwas. Ein Stein. Ein Ast.

Nichts.

Dann – eine Bewegung.

Ein Schatten löste sich aus der Dunkelheit, kaum mehr als eine leichte Verzerrung in der Finsternis. Ein dunkler Mantel, eine Silhouette, ein Hauch von Licht, das auf eine Waffe reflektierte.

Er bewegte sich weiter.

Schritt für Schritt. Langsam.

Ein Raubtier, das wusste, dass sein Opfer keine Fluchtmöglichkeit hatte.

Klara unterdrückte den Drang zu rennen. Sie wusste, dass sie verlieren würde.

Ihr einziges Ziel: Zeit gewinnen.

Asarow hielt inne. Sein Kopf drehte sich leicht, sein Blick wanderte über die Bäume.

Er wusste es.

Er wusste genau, wo sie war.

Und dann...

Motorengeräusch.

Ein leises Grollen, das durch die Nacht kroch, dann lauter wurde. Scheinwerfer schnitten durch die Dunkelheit, zuckten über das Laub, ließen Schatten aufblitzen. Ein Auto.

Ein schwarzer Wagen raste über die verlassene Straße in der Nähe, Scheinwerfer blendeten kurz zwischen den Baumstämmen auf.

Asarow drehte den Kopf in Richtung des Geräuschs.

Klara rannte.

Ihr Körper reagierte, bevor ihr Verstand es tat. Ihre Füße rissen sich aus der Erstarrung, trieben sie nach vorne, durch das Dickicht, Zweige kratzten an ihrem Gesicht, Wurzeln griffen nach ihren Beinen.

Asarow war schneller.

Sie hörte ihn, hörte das Gewicht seiner Stiefel, das Brechen von Ästen, die Jagd. Kein Rufen, kein Fluchen, keine unnötigen Geräusche. Er war ein Geist im Dunkeln.

Der Wagen kam näher. Klara stolperte, fing sich wieder, sprintete über eine Lichtung, hinaus auf die Straße.

Die Scheinwerfer blendeten sie.

Bremsen quietschten. Ein Auto kam abrupt zum Stehen, keine zwei Meter vor ihr. Sie sah die Umrisse des Fahrers. Das Aufblitzen einer Zigarette im Dunkeln.

Die Tür wurde aufgerissen.

„Steig ein."

Sie kannte die Stimme.

Leo Hartmann.

Sie hatte keine Zeit zu fragen, warum er hier war. Keine Zeit, zu überlegen, ob sie ihm trauen konnte.

Hinter ihr knackte es im Unterholz.

Sie sprang ins Auto, riss die Tür zu.

Leo trat das Gaspedal durch. Reifen quietschten auf dem nassen Asphalt, das Auto riss nach vorne. Klara drehte sich um, sah durch die Heckscheibe zurück.

Asarow stand am Waldrand.

Regungslos. Ohne Eile.

Er beobachtete sie, während sie davonrasten.

Und er lächelte.

2. Die Schatten von Berlin

2.1. Der Mann im Audi

Klara saß starr im Beifahrersitz, die Hände um die noch feuchte Türkante gekrallt, während der Audi sich mit einer brutalen Beschleunigung auf die Straße katapultierte. Der Motor brummte tief, gierig, wie ein Tier, das seine Kraft zurückhielt, nur um im richtigen Moment zuzuschlagen.

Die Stadt raste an ihnen vorbei – dunkle, glänzende Asphaltstreifen, Lichtreflexe auf Pfützen, unscharfe Schemen von vereinzelten Passanten, die sich noch um diese Uhrzeit durch die Straßen bewegten.

Klara atmete flach, spürte das dumpfe Pochen in ihrem Knie, das Brennen in ihrer Lunge vom Rennen. Doch das war nicht der Schmerz, der ihr am meisten zu schaffen machte.

Es war die Tatsache, dass Leo Hartmann hinter dem Steuer saß.

Er hatte sich kein bisschen verändert. Das kantige Gesicht, das in der Dunkelheit des Wagens noch härter wirkte.

Die lässige, fast träge Haltung, während er eine Hand am Lenkrad hatte und die andere an der Zigarette. Er schien nicht einmal auf die Straße zu achten, doch der Audi gehorchte ihm wie eine Verlängerung seines Körpers.

„Warum zur Hölle bist du hier?" fragte sie schließlich, ihre Stimme rau, kratzig.

Leo blies den Rauch langsam durch die Nase aus, als hätte er die Frage erwartet. Er hielt den Blick weiter auf der Straße, doch Klara wusste, dass er sie genau beobachtete.

„Weil du tot bist, wenn du länger da draußen bleibst."

Klara verzog das Gesicht. „Wirklich? Und du bist aus reiner Nächstenliebe aufgetaucht?"

Leo lächelte schief. „Genau. Ich dachte mir, die Welt wäre ein schlechterer Ort ohne dein charmantes Mundwerk."

Sie funkelte ihn an, ihr Körper noch voller Restspannung. Sie war klatschnass, dreckig, das Blut der letzten Stunden noch nicht getrocknet. Doch was sie am meisten ankotzte, war, dass sie hier, in seinem verdammten Auto saß – ohne zu wissen, warum.

„Du wusstest, dass ich da draußen bin", sagte sie leise. Es war keine Frage.

Leo zuckte kaum merklich mit den Schultern. „Vielleicht."

Wut flammte in ihr auf. Er spielte mit ihr. Dieselbe Scheiße wie damals.

„Warum, Leo?" Ihre Stimme war jetzt schärfer. „Warum genau warst du ausgerechnet dort, auf dieser Straße, in diesem Moment?"

Er verzog keine Miene, nahm nur einen weiteren Zug von seiner Zigarette, bevor er sie mit einer schnellen Bewegung aus dem Fenster schnippte.

„Weil ich weiß, was in Berlin gerade passiert", sagte er dann. „Und weil ich wusste, dass du nicht lange überleben würdest."

Seine Stimme war ruhig, doch da war etwas darunter. Etwas, das sie nicht greifen konnte.

„Also rettest du mich aus reiner Menschenfreundlichkeit?" Sie ließ ein kurzes, trockenes Lachen hören. „Ich wusste gar nicht, dass du neuerdings der Typ für Heldentaten bist."

Leo zog leicht eine Augenbraue hoch. „Das bin ich auch nicht."

Stille.

Der Audi schnitt durch die Straßen, die Stadt wurde dunkler, verwaschener. Sie fuhren tiefer hinein in die Schatten, weg von den hellen Hauptstraßen.

Klara wusste, dass sie sich jetzt in einem anderen Berlin befanden – einem, in dem irgendwelche Kameras nicht alles sahen, in dem niemand Fragen stellte.

Sie atmete langsam aus. Sie hatte keine Wahl.

„Wo fahren wir hin?" fragte sie schließlich.

Leo hielt den Blick auf die Straße. „Untertauchen."

„Ich kann selbst untertauchen."

Er lachte leise. „Echt? Und wo genau? Deine alten Kontakte? Dein hübsches Safehouse in Charlottenburg? Oder die abgefuckte Lagerhalle in Lichtenberg, die längst nicht mehr sicher ist?"

Ein eiskalter Kloß legte sich in ihren Magen. Er wusste es.

Sie hatte genau drei Orte, an denen sie sich verstecken konnte. Und Leo hatte sie soeben alle genannt.

„Du bist ein verdammtes Arschloch", murmelte sie.

„Dafür bin ich bekannt."

Sein Blick flackerte einen Moment lang zu ihr, bevor er sich wieder auf die Straße konzentrierte.

Klara drehte den Kopf, sah in den Rückspiegel. Der Wald lag weit hinter ihnen, nur dunkle Häuserfassaden spiegelten sich in der Heckscheibe. Aber sie wusste, dass sie nicht frei war.

Irgendwo da draußen lauerte Asarow noch.

Und dann war da noch Leo.

Sie wusste nicht, welcher der beiden gefährlicher war.

2.2. Untertauchen

Die Straßen wurden schmaler. Dunkler.

Leo hatte die Hauptstraßen längst hinter sich gelassen, war in ein Labyrinth aus Nebenstraßen und Industriegebieten eingetaucht. Klara beobachtete die vorbeiziehenden Fassaden – graue, unbeleuchtete Gebäude, zerschlagene Fenster, Graffiti an den Wänden. Hier war Berlin ein anderer Ort. Ein Ort, an dem das Gesetz nicht zählte.

Der Audi glitt lautlos durch die Nacht. Keine Sirenen. Kein Straßenlärm. Nur das dumpfe Brummen des Motors.

Klara presste die Finger gegen ihr Knie, versuchte den pochenden Schmerz zu ignorieren. Sie war noch nicht in Sicherheit.

„Also das ist dein großer Plan?" Ihre Stimme war trocken. „Mich nach Friedrichshain zu bringen?"

Leo lachte leise. „Du magst es doch dreckig."

Er bog in eine enge Seitenstraße, die zwischen zwei stillgelegten Lagerhäusern verlief. Hohe Metallzäune, überwucherte Ranken, kein Licht außer dem schwachen Schein der Scheinwerfer. Die Reifen rollten über gesplitterten Beton, der Motor summte tief und gleichmäßig.

„Wer weiß, dass wir hier sind?" fragte Klara.

Leo ließ sich Zeit mit der Antwort. Zu lange.

„Niemand, der noch lebt."

Sie funkelte ihn an. Scheiße.

Er stoppte den Wagen vor einem rostigen Tor. Die Metalltore waren mit alten Plakaten beklebt, halb abgerissen vom Wind. Irgendwo weiter hinten klapperte Blech im Wind. Ein Ort, den niemand freiwillig betrat.

„Ich warte hier", sagte Klara und verschränkte die Arme.

Leo lachte. „Nein, tust du nicht."

Er stieg aus. Die Tür knallte zu, der Klang hallte durch die Stille. Klara biss die Zähne zusammen, folgte ihm.

Der Geruch nach feuchtem Beton und abgestandenem Öl lag in der Luft. Leo ging zu einer kleinen Nebentür im Tor, zog einen alten Schlüsselbund aus seiner Jacke. Der Schlüssel glitt mühelos ins Schloss.

Das hier war nicht improvisiert. Das war vorbereitet.

Er öffnete die Tür. Ein dunkler Gang erstreckte sich dahinter, der nach altem Holz und abgestandener Luft roch. Keine Fenster, nur eine schwach flackernde Neonröhre, die alles in krankes Licht tauchte.

„Nach dir."

Klara trat ein, ohne ihn aus den Augen zu lassen. Jede verdammte Zelle in ihrem Körper schrie, dass das eine schlechte Idee war.

Der Raum war größer, als sie erwartet hatte. Ein ehemaliges Lager, jetzt nur noch ein leerer, kahler Raum mit rohem Betonboden und alten Regalen. In einer Ecke stand eine alte Matratze, daneben ein rostiger Tisch mit ein paar zusammengewürfelten Stühlen. Kein Luxus. Kein Komfort.

Aber genau das machte es sicher.

Leo schob die Tür hinter sich zu, verriegelte sie mit einem Bolzen. „Hier gibt's alles, was du brauchst."

Klara ließ den Blick durch den Raum wandern. Waffen. Pässe. Bargeld.

In einem offenen Koffer auf dem Tisch lagen mehrere Ausweise – deutsche, russische, tschechische. Sie trat näher, ließ die Finger über einen der Pässe gleiten.

„Wie lange hast du dieses Versteck?" fragte sie.

Leo nahm sich eine Bierflasche aus einer alten Kiste in der Ecke, öffnete sie mit einem Feuerzeug. „Lange genug."

Sie zog eine der Waffen aus dem Koffer. Eine SIG Sauer P226, gepflegt, geladen. Ihr Gewicht fühlte sich vertraut an.

„Wie lange genau?"

Leo nahm einen Schluck Bier. „Seit du verhaftet wurdest."

Klara erstarrte.

Sie hob den Kopf, fixierte ihn mit ihrem Blick. „Was?"

Er zuckte die Schultern. „Ich wusste, dass du wieder auftauchen würdest. Ich wusste nur nicht wann."

Ihr Griff um die Waffe verstärkte sich. „Willst du mir sagen, dass du das hier seit zehn Monaten für mich vorbereitet hast?"

Leo stellte die Bierflasche ab. Sein Blick traf ihren. „Ich will dir gar nichts sagen, Klara."

Stille.

Die Spannung zwischen ihnen war messerscharf.

Sie hatte ihm nie vertraut.

Nicht damals. Nicht jetzt.

Aber das hier? Das bedeutete, dass er auf sie gewartet hatte. Dass er wusste, dass sie aus der Hölle zurückkehren würde.

Ihr Blick glitt zu den Pässen, dann zu den Waffen. Alles war bereit.

„Was bist du, Leo? Mein Schutzengel?" Ihre Stimme war leise, fast ein Spott.

Er grinste. „Sicher nicht. Schutzengel leben nicht lange."

2.3. Carter setzt die Hunde frei

Nathan Carter stand am Fenster des Hotelzimmers und beobachtete die Stadt unter sich. Berlin um fünf Uhr morgens war eine Stadt im Übergang – irgendwo zwischen den letzten Schatten der Nacht und dem ersten, bleichen Licht des Morgens. Die Straßen waren noch feucht vom Regen, der Asphalt glänzte im fahlen Schein der Laternen.

Es war eine Stadt, die er kannte. Eine Stadt, die er hasste.

Carter nippte an seinem schwarzen Kaffee, ohne den Blick abzuwenden. Er trank ihn kalt. Schlaf war ein Luxus, den er sich nicht leisten konnte. Nicht jetzt.

Klara Voigt war am Leben.

Er ließ den Satz in seinem Kopf nachhallen, als wollte er sich selbst vergewissern, dass es wirklich wahr war.

Sie hätte auf der Brücke sterben sollen. Das war der Plan gewesen. Ein sauberer Schnitt. Ein Ende, das keine Spuren hinterließ.

Doch jetzt war sie draußen. Und das machte sie zu einem Problem.

Carter senkte den Blick auf den Tisch vor sich. Ein Tablet lag dort, das Display zeigte eine Überwachungsaufnahme aus der Nähe der Glienicker Brücke. Unscharf, verrauscht – aber eindeutig.

Ein schwarzer Audi.

Klara Voigt auf dem Beifahrersitz.

Der Fahrer: Leo Hartmann.

Carter schnaubte leise. Natürlich er.

Hartmann war immer schon ein verdammtes Problem gewesen. Ein Mann, der die Regeln kannte, aber sich nie an sie hielt.

Ex-BND, aus dem System gefallen, zu schlau, zu unberechenbar.

Ein weiteres Puzzlestück, das er nicht brauchte.

Carter griff zum Telefon, tippte eine Nummer ein. Der Rufaufbau dauerte exakt zwei Sekunden.

„Sie lebt." Seine Stimme war ruhig, ein Hauch von Müdigkeit darin.

Am anderen Ende blieb es kurz still. Dann eine raue Stimme. „Wo ist sie?"

„Noch unbekannt." Carter nahm einen Schluck kalten Kaffees. „Aber das wird sich ändern."

Ein leises Klicken, als er eine zweite Verbindung herstellte. Drei Sekunden später war eine weitere Person in der Leitung. Dann eine dritte.

Drei Männer. Drei Profis. Keine Fragen. Keine unnötigen Worte.

„Sie hätte auf der Brücke sterben sollen," sagte Carter ruhig. „Jetzt hole ich das nach."

Vierzig Minuten später saßen sie im abgedunkelten Hinterzimmer einer alten Bar in Neukölln.

Carter blickte auf die Männer vor sich. Sie waren unterschiedlich – unterschiedliche Nationalitäten, unterschiedliche Erfahrungen – aber sie hatten eine Sache gemeinsam: Sie töteten, wenn man es ihnen sagte.

Der erste war Kostas Vardanis, ein ehemaliger griechischer Geheimdienstoffizier, der nach einem politischen Skandal in der Versenkung verschwunden war. Präzise. Effizient. Skrupellos.

Der zweite war Jean-Luc Moreau, ein Franzose mit militärischer Vergangenheit. Sniper. Spezialisiert auf Verfolgung und Spurenlesen. Er fand immer sein Ziel.

Der dritte war Martin „Marty" Briggs – Amerikaner, Ex-Delta Force. Ein Mann, der nicht fragte, warum er jemanden töten sollte. Nur wie.

Carter lehnte sich zurück, sah sie nacheinander an. Drei Killer. Drei Methoden. Ein Ziel.

Er legte sein Tablet auf den Tisch, schob es zu ihnen.

„Das ist sie. Klara Voigt. Ihr letzter bekannter Aufenthaltsort war die Glienicker Brücke. Sie wurde von diesem Mann abgeholt." Er tippte auf das Bild von Leo Hartmann. „Sie sind untergetaucht. Das heißt, sie haben einen Plan."

Moreau schnaubte. „Oder sie improvisieren."

Carter zuckte mit keiner Wimper. „Hartmann improvisiert nicht. Wenn er sie aufgenommen hat, dann hat er eine Strategie."

„Also was wollen Sie von uns?" fragte Kostas, die Arme vor der Brust verschränkt.

„Ich will, dass Sie sie finden," sagte Carter ruhig. „Und ich will, dass Sie es so erledigen, dass es keine Spuren gibt. Keine Leichen, die Fragen aufwerfen. Kein Aufsehen."

Briggs grinste schief. „Und wenn sie sich wehrt?"

Carter nahm einen weiteren Schluck Kaffee, lehnte sich vor.

„Dann stellen Sie sicher, dass sie es nicht lange tut."

Stille.

Keiner der drei Männer zuckte mit einer Wimper. Sie wussten, was das bedeutete.

Dann nickte Kostas. „Verstanden."

Carter stand auf, schob einen Umschlag über den Tisch. „Zahlung im Voraus. Rest nach Erledigung."

Moreau nahm den Umschlag, öffnete ihn, zählte die Scheine. Dann schloss er ihn wieder, steckte ihn ein. „Wir melden uns, wenn es erledigt ist."

Carter nickte, nahm sein Tablet und verließ den Raum.

Drei Jäger waren jetzt auf der Spur.

Und diesmal würde Klara Voigt nicht entkommen.

2.4. Die erste Konfrontation

Das Versteck roch nach altem Öl, kaltem Beton und Zigarettenrauch.

Leo saß am Tisch, die Beine locker ausgestreckt, eine halb gerauchte Zigarette zwischen den Fingern. Vor ihm lag eine Pistole, entsichert. Daneben eine Flasche tschechischer Schnaps, ungeöffnet. Er hatte nicht einmal Lust, sie anzufassen.

Klara stand an der Wand, ihr Blick wanderte unruhig durch den Raum. Das Licht der flackernden Neonröhre über ihnen ließ ihre Gesichtszüge härter wirken, kantiger.

Sie vertraute ihm nicht.

Aber das war keine Überraschung.

„Wie lange willst du mich hier festhalten?" fragte sie schließlich.

Leo nahm einen tiefen Zug von seiner Zigarette. „Bis ich sicher bin, dass du nicht wieder blutend durch die Straßen rennst."

Klara verschränkte die Arme. „Lustig. Ich habe dasselbe vor mit dir."

Leo schnaubte leise. „Ich bin nicht das Problem, Klara."

Sie öffnete den Mund für eine Antwort, doch in diesem Moment hörte Leo es.

Ein Geräusch, so leise, dass es kaum wahrnehmbar war.

Ein leises, kurzes Kratzen an Metall.

Scheiße.

Leo bewegte sich instinktiv. Er warf die Zigarette auf den Boden, schnappte sich die Waffe, während er aufsprang. Klara sah ihn irritiert an – doch dann hörte sie es auch.

Drei Männer.

Sie bewegten sich schnell, lautlos, mit der Präzision von Profis. Keine Zögerer. Keine Anfänger.

„RUNTER!" brüllte Leo.

Die Tür flog aus den Angeln. Die Hölle bricht los

Der erste Mann war groß, bullig, schwarze Kampfuniform, Schalldämpfer an der Waffe. Er feuerte sofort.

Leo riss den Tisch hoch, der erste Schuss krachte durch das Holz, zerfetzte eine alte Zeitung, die darauf lag. Keine Zeit zum Denken. Er ließ den Tisch fallen, griff nach der Pistole und drückte ab.

Der erste Mann taumelte zurück. Ein Ruck durch seinen Körper, dann ein zweiter. Zwei saubere Einschüsse in der Brust. Doch er fiel nicht. Die verdammte Schutzweste.

Bewegen.

Leo warf sich zur Seite, rollte über den Boden, während ein zweiter Angreifer durch die Tür trat. Ein Schatten, lautlos wie der Tod.

Klara tauchte auf. Kein Zögern.

Sie rammte dem Mann einen Ellbogen gegen den Hals, packte seinen Unterarm, drehte ihn mit brutaler Kraft nach hinten. Ein Knacken. Ein Schrei, unterdrückt durch pure Disziplin. Die Waffe des Angreifers fiel zu Boden.

Nicht genug.

Der dritte Killer war schneller. Klara sah den Schatten in ihrem Augenwinkel, wusste, dass sie keine Zeit mehr hatte.

Dann – ein Schuss. Leo.

Der Kopf des dritten Mannes ruckte zur Seite. Ein sauberer Treffer, direkt in die Stirn.

Er war tot, noch bevor er auf den Boden schlug.

Blut spritzte auf den Betonboden, dampfte leicht in der kalten Luft.

Leo stand schwer atmend da, das Gesicht ausdruckslos, die Waffe noch im Anschlag. Er sah dem Mann in die leeren Augen, als würde er dort etwas suchen.

Doch er wusste, dass es dort nichts gab.

Der bullige Mann mit der Schutzweste war wieder auf den Beinen. Er hatte sich gefangen, zog ein Messer. Er wollte Leo nicht erschießen. Er wollte ihn spüren lassen, wie er starb.

Kein verdammtes Glück heute.

Der Kerl stürzte auf ihn zu, das Messer blitzte im Neonlicht auf. Leo wich aus, nur um einen Sekundenbruchteil zu langsam. Eine Klinge schnitt durch sein Shirt, riss eine blutige Linie über seine Rippen.

Schmerz. Kurz, intensiv, aber nicht tief.

Leo fing den Arm des Angreifers ab, packte das Handgelenk, verdrehte es mit roher Kraft. Der Mann knurrte, versuchte, sich zu befreien – doch Leo trat ihm mit voller Wucht gegen das Knie.

Ein dumpfer Knall. Ein Schrei.

Der Mann ging in die Knie, das Messer fiel klirrend zu Boden. Leo packte seinen Kopf und rammte ihn gegen die Wand.

Einmal.

Zweimal.

Beim dritten Mal gab der Schädel nach.

Der Körper sackte leblos zu Boden.

Stille.

Nur ihr Atem, rau und schwer in der abgestandenen Luft.

Klara stand da, das Gesicht blutverschmiert, ihr Blick auf die Leiche vor ihr gerichtet.

„Wir müssen weg", sagte sie leise.

Leo wischte sich mit dem Ärmel über die blutige Wunde an seiner Seite, schnappte sich eine Tasche von der Ablage. Waffen, Bargeld, neue Pässe.

Dann nickte er.

Berlin war nicht mehr sicher.

3. In der Unterwelt

3.1. Das Netzwerk der Schatten

Der Regen hatte nachgelassen, aber die Straßen blieben feucht, glänzend im schwachen Licht der Laternen. Berlin schlief nie, doch in diesem Teil der Stadt herrschte eine andere Art von Wachsein – ein ruheloses, lauerndes Dasein, verborgen in den Schatten der heruntergekommenen Hinterhöfe und verlassenen Lagerhäuser. Neukölln hatte sich verändert in den letzten Jahren. Die Hipster Bars, die Cafés mit überteuertem Kaffee, all das war nur eine Fassade. Darunter lag immer noch der Dreck. Die Gewalt. Die Männer, die im Dunkeln warteten, während der Rest der Welt vorgab, sie nicht zu sehen.

Leo steuerte den Wagen durch eine schmale Gasse, vorbei an bröckelnden Fassaden und fensterlosen Häuserblocks. Klara saß neben ihm, den Blick aus dem Fenster gerichtet. Ihr Körper war angespannt, die Hände auf ihren Oberschenkeln gefaltet, aber ihre Finger bewegten sich leicht, fast unmerklich. Sie war bereit. Sie war immer bereit.

„Du bist still", sagte Leo, ohne den Blick von der Straße zu nehmen.

Klara antwortete nicht sofort. Was gab es zu sagen? Sie waren in einem beschissenen Krieg, der sie nicht einmal mehr überraschte.

„Ich denke nach."

„Über was?"

„Ob ich dich lieber erschießen sollte oder auf dein verdammtes Wunder vertraue."

Leo grinste schief. „Das ist nicht besonders freundlich."

„Habe ich jemals behauptet, freundlich zu sein?"

Leo schnaubte, bog um eine Ecke und fuhr in eine enge Seitengasse. Am Ende wartete eine rostige Metalltür, halb verdeckt von Graffiti und Mülltonnen. Ein ehemaliges Lagerhaus, das vor Jahren zu einem illegalen Club umgebaut worden war – und heute eine der besten Anlaufstellen für alles, was man in Berlin besser nicht offiziell kaufte. Waffen, gefälschte Papiere, Informationen. Und Kontakte, die dich entweder retten oder verraten konnten.

Leo schaltete den Motor aus. Der Wagen wurde eins mit der Dunkelheit.

„Du bist sicher, dass er noch lebt?" fragte Klara, während sie sich ihre Waffe aus dem Hosenbund zog und überprüfte.

„So sicher, wie man in diesem Geschäft sein kann."

„Also gar nicht."

Leo grinste. „Genau."

Sie stiegen aus. Die Luft war feucht, roch nach abgestandenem Bier und altem Rauch. Klara zog ihre Kapuze tief ins Gesicht, Leo tat dasselbe. Die Überwachungskameras auf der Straße funktionierten in diesem Teil der Stadt ohnehin nur dann, wenn es jemandem passte.

Leo klopfte drei Mal gegen die Metalltür. Zwei Sekunden Pause, dann noch einmal zwei Schläge.

Stille.

Dann ein Summen, als ein versteckter Mechanismus die Tür entriegelte.

Sie traten ein.

Der Flur war eng, roch nach Schweiß, Alkohol und einer dunkleren, metallischen Note, die Klara sofort erkannte. Blut.

Sie gingen tiefer hinein, folgten dem gedämpften Bass, der aus den Wänden vibrierte, bis sie an eine weitere Tür kamen. Eine große, muskulöse Gestalt stand davor, eine Glatze, die im schwachen Licht glänzte. Tattoos krochen von seinem Nacken bis über seine Hände. Er war bewaffnet. Natürlich war er bewaffnet.

Seine Augen musterten sie.

„Hartmann", sagte er schließlich. Seine Stimme klang wie zerbrochenes Glas.

„Tobi", erwiderte Leo ruhig.

Der Türsteher – oder besser gesagt, der Mann, der entschied, wer lebte und wer starb – musterte sie beide. Dann trat er zur Seite und öffnete die Tür.

„Er wartet unten."

Klara und Leo traten ein.

Der Club war kein Club. Nicht mehr.

Vielleicht hatte es hier vor Jahren noch eine Tanzfläche gegeben, laute Musik, Menschen, die dachten, sie könnten für eine Nacht vergessen, wo sie sich befanden. Doch jetzt war es etwas anderes. Ein Bunker. Ein Marktplatz für die Verdammten.

Die Musik war dumpf, vibrierte durch den Boden. Vereinzelt saßen Männer und Frauen an Tischen, rauchten, tranken, tauschten Umschläge.

An der Bar wurden keine Cocktails serviert, sondern Deals abgeschlossen. Hier zahlte man mit Informationen oder Blut.

Am hintersten Tisch, halb im Schatten, saß Konstantin Volkov.

Sein Blick fiel auf sie, als sie näherkamen. Kein Erstaunen. Keine Begrüßung. Nur ein langsames Heben eines Glases, während er einen Schluck dunklen Alkohols nahm.

„Leo Hartmann", sagte er schließlich, seine Stimme tief und akzentfrei. „Ich dachte, du wärst tot."

Leo grinste, setzte sich gegenüber. „Und ich dachte, du hättest dir endlich eine ehrliche Arbeit gesucht."

Volkov lachte leise. Ein Geräusch, das keinen Humor hatte.

Klara blieb stehen, die Arme vor der Brust verschränkt. Sie hatte Volkov nicht vergessen.

„Ich hoffe, du hast etwas für uns, Konstantin", sagte Leo, während er sich zurücklehnte.

Volkov musterte sie, dann lehnte er sich leicht vor. „Kommt drauf an, was es wert ist."

Klara warf einen Umschlag auf den Tisch. Volkov nahm ihn, öffnete ihn beiläufig, zog ein paar der Scheine heraus. Dann nickte er langsam.

„Waffen?" fragte Klara.

„Natürlich." Volkov schnippte mit den Fingern. Einer seiner Männer trat nach vorne, öffnete eine schwarze Kiste. Innen lagen zwei modifizierte Glock 17, ein paar Magazine, ein paar Granaten.

Leo hob eine der Pistolen, überprüfte das Gewicht. „Und die Information?"

Volkov zündete sich eine Zigarette an. Lächelte.

„Ihr habt euch Feinde gemacht."

Leo seufzte. „Das wusste ich schon, Konstantin. Ich will wissen, welche."

Volkov nahm einen Zug, blies den Rauch aus.

„Die CIA hat ein Kopfgeld auf euch gesetzt. Drei Männer sind bereits in der Stadt. Einer von ihnen war hier vor zwanzig Minuten."

Klara versteifte sich.

„Er hat gefragt, ob ich euch gesehen habe."

Leo legte die Waffe langsam auf den Tisch. „Und was hast du gesagt?"

Volkov lächelte. Ein langsames, giftiges Lächeln.

„Dass ich euch nicht ausstehen kann."

Stille.

Dann – ein Geräusch. Klara spürte es zuerst.

Nicht die Musik. Nicht die Stimmen. Etwas anderes.

Eine Bewegung in ihrem Augenwinkel. Ein Schatten, der sich verschob.

Sie wurden beobachtet.

3.2. Blutige Spur

Asarow mochte Berlin nicht.

Die Stadt war zu laut. Zu dreckig. Zu voll mit Menschen, die dachten, sie wären unsichtbar, nur weil sie sich in den Schatten bewegten.

Aber niemand war unsichtbar. Nicht vor ihm.

Er lehnte an einer feuchten Ziegelwand in einem Hinterhof in Kreuzberg, eine Zigarette zwischen den Fingern, während er beobachtete, wie das Leben um ihn herum pulsierte. Junge Männer, die an Straßenecken Deals machten. Junkies, die sich auf den Treppen von heruntergekommenen Mietshäusern zusammenkauerten. Das unaufhörliche Summen von Autos, Gesprächen, Leben.

Bald würde das alles stillstehen.

Denn er war hier, um aufzuräumen.

Seine Beute war nicht weit.

Er war nur einen Schritt hinter ihnen.

Und er hatte Zeit.

Das erste Opfer

Konstantin Volkov liebte das Geld.

Er liebte es, weil es ihm die Illusion gab, dass er die Kontrolle hatte. Dass er niemandem gehörte.

Doch in dieser Nacht gehörte er dem Tod.

Die Tür zum Kellerraum flog auf, der dumpfe Aufprall hallte durch den verlassenen Club. Volkov, der gerade noch genüsslich an seiner Zigarette gezogen hatte, erstarrte. Sein Blick zuckte hoch.

Asarow trat ein.

Er bewegte sich langsam. Kontrolliert. Sein Gesicht war ausdruckslos. Ein Mann, der nicht kam, um zu reden.

Volkovs Hände wanderten instinktiv zur Waffe auf dem Tisch – eine einzige, dumme, hoffnungslose Bewegung.

Asarow ließ ihn.

Er wartete. Gab ihm genau eine Sekunde.

Dann schoss er.

Der erste Treffer riss Volkovs Schulter nach hinten. Fleisch, Knochen, Blut. Der Russe schrie auf, taumelte, fiel gegen den Tisch. Die Pistole rutschte über die Oberfläche, unerreichbar.

Asarow trat näher.

Volkov keuchte, Blut tropfte auf den Boden. Sein Blick war ein einziges, wildes Fragen. Warum?

„Für sie", sagte Asarow leise.

Dann setzte er die Pistole an Volkovs Stirn.

Und drückte ab.

Der Kopf des Russen ruckte nach hinten. Ein dumpfer Aufprall, als sein Körper auf den Stuhl zurücksackte.

Er war nicht der Erste. Und er würde nicht der Letzte sein.

Das zweite Opfer

Tobias „Tobi" Lenz war ein großer Mann. Er war daran gewöhnt, dass die Leute ihn respektierten. Oder Angst vor ihm hatten.

Doch als er die dunkle Gestalt am anderen Ende des Flurs sah, wusste er, dass beides nicht helfen würde.

Er wusste, wer Asarow war.

Und er wusste, dass er sterben würde.

Er reagierte schnell, zog die Waffe aus seinem Holster. Doch Asarow war schneller. Er war immer schneller.

Der Schalldämpfer spuckte eine Kugel aus.

Tobi zuckte, stolperte, fiel gegen die Wand. Seine Hand, die eben noch nach der Waffe gegriffen hatte, presste sich nun verzweifelt auf seine Brust, dorthin, wo das Blut in einer dicken Welle hervorquoll.

Seine Knie gaben nach.

Er sackte zu Boden.

Asarow trat vor, ging langsam in die Hocke. Er sah Tobi in die Augen, während der Türsteher röchelnd versuchte, nach Luft zu schnappen.

„Wo sind sie?" fragte Asarow ruhig.

Tobi konnte nicht antworten. Seine Lunge füllte sich mit Blut.

Asarow seufzte leise. Er griff an seine Seite, zog ein Messer hervor. Eine lange, schlanke Klinge, stumpf vom Alter, aber noch immer tödlich.

Er drehte es langsam zwischen den Fingern.

Dann versenkte er es mit einer einzigen, ruhigen Bewegung in Tobis Hals.

Der Mann zuckte. Wimmerte. Dann war da nichts mehr.

Asarow wischte die Klinge an dessen Jacke ab, steckte sie zurück.

Er richtete sich auf, warf einen Blick auf die Leiche.

Zwei tot. Noch viele mehr übrig.

Die Botschaft

Das Lagerhaus in Friedrichshain war still.

Klara stand an der Wand, überprüfte das Magazin ihrer Waffe. Sie konnte nicht schlafen. Nicht nach dem, was passiert war. Nicht, während sie wussten, dass jemand da draußen war.

Jemand wie Asarow.

Leo saß auf der Matratze in der Ecke, nippte an einer Flasche Wasser, das Shirt hochgezogen, um die Wunde an seiner Seite zu überprüfen.

„Du solltest dich ausruhen", sagte er schließlich.

„Kannst du das?"

Leo grinste. „Nein. Aber ich bin auch nicht diejenige, die fast zehn Monate in einer russischen Zelle gesessen hat."

Klara verdrehte die Augen, wollte etwas erwidern – doch dann hörten sie es.

Ein Geräusch vor der Tür.

Ein dumpfes, schabendes Geräusch.

Leo war sofort auf den Beinen, Waffe in der Hand. Klara hob ihre eigene, bewegte sich vorsichtig in Richtung Eingang.

Stille.

Dann – ein Klopfen.

Nicht hastig. Nicht panisch.

Langsam. Drei Schläge.

Leo sah Klara an. Sie nickte kaum merklich.

Er streckte die Hand aus, öffnete die Tür einen Spalt.

Ein dunkler Gegenstand fiel in den Raum. Ein Gegenstand, der sich träge über den Beton drehte, bevor er mit einem leisen Klonk liegen blieb.

Ein Handy.

Klara trat näher. Ihr Puls raste.

Sie beugte sich langsam nach unten, hob das Gerät auf. Ein altes Nokia. Keine Nummer gespeichert. Kein Name.

Nur eine einzige, neue Nachricht auf dem Display.

Sie öffnete sie. Nur drei Worte.

„Ich bin hier."

Klara fühlte, wie sich kaltes Adrenalin durch ihre Adern schob. Sie drehte sich zum Eingang, riss die Tür auf, die Waffe im Anschlag.

Nichts. Die Gasse war leer.

Nur der Regen fiel sanft auf den Asphalt.

Asarow war weg.

Aber er hatte ihnen eine Botschaft hinterlassen.

Er war hinter ihnen her.

Und er ließ sie wissen, dass sie nirgendwo sicher waren.

3.3. Misstrauen & Nähe

Das Apartment war eine Übergangslösung.

Leo hatte es seit Jahren als Notfallversteck, eine dieser Wohnungen, die offiziell nicht existierten. Bar bezahlt, keine Verträge, keine Kameras in der Nähe. Ein Ort, an dem man sich verstecken konnte – aber niemals lange.

Klara stand am Fenster und sah in die nächtliche Stadt hinaus. Der Himmel war schwer, tiefhängende Wolken verdeckten den Mond, und der Regen hatte eine feine Schicht auf die Dächer der Altbauten gelegt. Berlin fühlte sich an wie eine Stadt aus Glas – voller Reflexionen, voller Schatten, und hinter jeder Ecke konnte jemand warten, der dich sterben sehen wollte.

Leo saß auf der Couch, die Beine ausgestreckt, das Shirt hochgezogen. Die Wunde an seiner Seite war nicht tief, aber sie war sauber. Ein sauberer Schnitt durch die Haut, ein Andenken aus dem Kampf im Lagerhaus.

Auf dem Couchtisch stand eine Flasche billiger Whisky und zwei Gläser.

Klara rieb sich die Schläfen. Ihr Körper fühlte sich müde an, aber Schlaf war keine Option. Nicht jetzt. Nicht, solange Asarow da draußen war.

„Du wirst das verpassen", sagte Leo und nahm einen Schluck aus seinem Glas.

Sie drehte sich um. „Was?"

Er hob die Flasche. „Den Geschmack von schlechtem Whisky in einer noch schlechteren Wohnung."

Klara verzog das Gesicht, trat näher, nahm sich eines der Gläser. Sie trank einen Schluck. Der Alkohol brannte in ihrem Hals, setzte sich warm in ihrer Brust ab.

„Erwartest du, dass ich mich jetzt entspanne?"

Leo grinste. „Nein. Ich erwarte, dass du für eine verdammte Sekunde aufhörst, darüber nachzudenken, wer als Nächstes stirbt."

Klara ließ den Blick auf ihm ruhen. Seine Haltung war entspannt, aber sie kannte ihn. Er war genau so angespannt wie sie.

„Ich habe nicht vergessen, was du damals getan hast."

Leo stellte sein Glas ab. Seine Finger trommelten kurz auf den Tisch. Dann lehnte er sich langsam zurück, der Blick fest auf sie gerichtet.

„Dann wird's Zeit, dass du verstehst, warum."

Stille.

Klara lachte leise, aber ohne Humor. „Oh, das will ich hören."

Leo rieb sich über den Nacken. „Du glaubst, ich habe dich damals verraten."

„Glauben?" Klara nahm einen weiteren Schluck, stellte das Glas hart auf den Tisch. „Du hast mich verkauft. Du hast mich direkt in die Hände der Russen laufen lassen."

Leo sah sie an. Nicht abweisend. Nicht wütend. Nur müde.

„Wenn ich es nicht getan hätte, wärst du jetzt tot."

Klara erstarrte.

Sie wollte lachen, sie wollte ihm ins Gesicht sagen, dass er lügen musste. Doch sein Blick war ruhig. Kein Zeichen von einem Trick. Kein Zucken, keine Lüge.

„Was meinst du damit?" Ihre Stimme war jetzt leiser.

Leo nahm die Flasche, goss sich nach. „Sie wollten dich so oder so. Ob mit mir oder ohne mich. Ich hatte zwei Möglichkeiten: Entweder sie holen dich kalt, oder ich gebe ihnen genau das, was sie wollen – aber zu meinen Bedingungen."

Klara spürte, wie sich ein dunkles Ziehen in ihrem Magen bildete.

„Zu deinen Bedingungen?"

Leo nickte. „Ich habe sichergestellt, dass du überlebst."

Ihr Atem war plötzlich flacher. „Überleben? Du hast mich an sie ausgeliefert! Weißt du, was sie mit mir gemacht haben? Weißt du, was die Bastarde mir angetan haben?!"

Leo sagte nichts. Er wusste es.

Und das machte es noch schlimmer.

„Du denkst, das war besser?" fuhr sie fort, ihre Stimme gefährlich leise. „Glaubst du wirklich, dass das der verdammte Kompromiss war, den ich gewollt hätte?"

Leo nahm einen tiefen Atemzug. „Ich weiß nur, dass du noch hier bist."

Klara spürte, wie ihre Fingernägel sich in ihre Handflächen bohrten. Sie wollte ihn schlagen. Sie wollte ihm wehtun, so wie sie gelitten hatte.

Doch sie tat es nicht, weil sie wusste, dass es stimmte.

Wenn Leo sie nicht an die Russen übergeben hätte, wäre sie jetzt tot.

Sie wandte den Blick ab, starrte auf das dunkle Fenster. Ihr eigenes Gesicht war dort kaum sichtbar, nur eine Silhouette in der Stadt der Schatten.

„Ich hasse dich", sagte sie leise.

Leo nahm einen Schluck Whisky. „Ich weiß."

3.4. Der nächste Schritt

Der Regen war stärker geworden.

Die Tropfen klatschten gegen die Fensterscheiben des Apartments, zogen lange, glänzende Spuren auf dem Glas. Berlin lag still da, nur das entfernte Heulen einer Sirene zerriss die Nacht. Ein Geräusch, das in dieser Stadt nichts bedeutete.

Klara stand am Tisch, den Rücken zu Leo, den Blick auf den verstreuten Papieren vor ihr. Falsche Pässe, Bargeld, eine zerknitterte Karte von Berlin. Doch das alles war bedeutungslos gegen das eine Stück Papier, das in ihrer Hand zitterte.

Ein Name: Gregor Stojanovic.

„Sag mir, dass das ein schlechter Witz ist." Ihre Stimme war leise, aber jedes Wort hatte eine Schärfe, die durch den Raum schnitt.

Leo saß auf der Couch, das halbvolle Glas Whisky in der Hand, und beobachtete sie. Er wusste, dass es jetzt ernst wurde.

„Ich wünschte, ich könnte es."

Klara drehte sich langsam zu ihm um. Ihre Augen waren hart, ihre Finger knitterten das Papier fast zu einer Faust zusammen.

„Er war nicht einmal auf meinem Radar. Wer zur Hölle ist Gregor Stojanovic?"

Leo ließ den Whisky kreisen, als überlegte er noch, wie viel er ihr sagen sollte. Dann stellte er das Glas ab, lehnte sich vor und verschränkte die Hände.

„Stojanovic ist ein Geist."

Klara schnaubte. „Kein Geist sabotiert einen hochrangigen Austausch und hetzt den FSB und die CIA gleichzeitig auf mich."

Leo nickte langsam. „Nein. Das macht jemand, der ein sehr persönliches Interesse daran hat, dass du stirbst."

Klara spürte, wie sich etwas Kaltes in ihrem Bauch zusammenzog. Das hier war größer, als sie gedacht hatte.

Wer ist Gregor Stojanovic?

Leo griff nach einem der Papiere auf dem Tisch. Ein altes, vergilbtes Foto, auf dem ein Mann mit kantigem Gesicht und dunklen Augen zu sehen war. Das Bild wirkte, als wäre es aus einem anderen Jahrzehnt. Es gab kaum aktuelle Aufnahmen von ihm.

„Stojanovic war früher einer der besten Leute, die der BND hatte. Balkan-Spezialist. Operationen in Serbien, Bosnien, Montenegro. Er war ein Meister darin, Leute verschwinden zu lassen." Leo hielt kurz inne. „Bis er selbst verschwand."

Klara zog die Stirn kraus. „Wann?"

„Vor zwölf Jahren."

Sie blinzelte. „Das macht keinen verdammten Sinn."

Leo lehnte sich zurück. „Doch, wenn du weißt, was damals passiert ist. Stojanovic war nicht nur ein einfacher Agent. Er war eine der grauen Eminenzen hinter den schmutzigsten Operationen, die wir im Balkan hatten. Säuberungen. Mordaufträge. Geheimgefängnisse, die offiziell nie existiert haben."

Klara runzelte die Stirn. „Und dann?"

Leo atmete langsam aus. „Dann hat er angefangen, eigene Pläne zu machen. Er hat sich abgesetzt. Er hat die Seiten gewechselt. Und er hat Dinge getan, für die man ihn offiziell nie zur Rechenschaft ziehen konnte."

Klara hob das Foto. Der Mann darauf sah ihr direkt in die Augen.

„Und jetzt will er mich tot sehen?"

Leo nickte. „Offenbar."

Klara warf das Foto auf den Tisch. „Dann finde ich heraus, warum – und dann bringe ich ihn um."

Asarows Spur

Der alte Nachtclub war ein Schlachthaus.

Asarow stand in der Mitte des dunklen Kellerraums, das Licht einer flackernden Glühbirne warf harte Schatten auf die blutverschmierten Wände. Der Gestank war intensiv – eine Mischung aus Kupfer, kaltem Schweiß und verschüttetem Alkohol.

Auf dem Boden lag ein Mann. Oder besser gesagt – was von ihm übrig war.

Die Leiche war kaum noch als Mensch erkennbar. Die Hände waren gebrochen, die Finger ausgekugelt, die Kniescheiben zertrümmert. Blut hatte sich in dunklen Lachen auf dem Betonboden gesammelt.

Asarow zog sich langsam die schwarzen Lederhandschuhe aus und steckte sie in die Manteltasche. Er trat einen Schritt näher, kniete sich hin. Das Gesicht des Mannes war eine ruinierte, blutige Masse. Ein Auge war angeschwollen, die Nase aufgerissen.

Aber er lebte noch.

Er röchelte schwach, zuckte zusammen, als Asarow sanft seinen Kopf anhob.

„Du hast mit ihnen gesprochen." Asarows Stimme war ruhig. Keine Wut, keine Drohung. Nur eine Feststellung.

Der Mann keuchte. Blut lief aus seinem Mund.

„Ich... weiß nicht, wo... sie sind..."

Asarow schüttelte langsam den Kopf. „Das glaube ich nicht."

Er zog ein Messer aus seinem Mantel, drehte es zwischen den Fingern, bevor er es sanft unter die Kehle des Mannes setzte.

„Aber ich lasse dir eine letzte Wahl."

Der Mann keuchte erneut. Seine Lippen bebten.

Asarow wartete.

Dann – ein Flüstern. Ein Name.

Asarow lächelte. Sanft. Zufrieden.

„Danke."

Er rammte das Messer langsam in die Kehle des Mannes. Langsam, präzise, kontrolliert.

Kein unnötiges Spritzen. Kein wildes Zucken.

Nur ein langer, erstickter Laut. Dann Stille.

Asarow richtete sich auf, zog sein Telefon hervor. Wählte eine Nummer.

„Ich habe sie."

Klara & Leo – Die Falle schnappt zu

Das Apartment war still.

Klara saß auf der Couch, das Glas Whisky immer noch in der Hand, während sie die Informationen in ihrem Kopf zusammensetzte. Stojanovic. Ein Name, den sie nie gehört hatte – aber jemand, der bereit war, alles zu riskieren, um sie sterben zu sehen.

„Ich muss ihn finden", sagte sie schließlich.

Leo verzog keine Miene. „Und dann?"

Sie lehnte sich zurück, ihre Finger um das Glas verkrampft.

„Dann bringe ich ihn dazu, mir zu sagen, warum er mich wollte."

Leo musterte sie. „Und wenn du die Antwort nicht magst?"

Sie sah ihn an. Ihr Blick war kalt. Leer.

„Dann stirbt er schneller."

Stille.

Dann – ein Geräusch.

Klara erstarrte.

Jemand war im Treppenhaus.

Leo legte die Flasche langsam ab, sein Körper spannte sich an.

Ein Schatten fiel durch den Türspalt.

Kein Klopfen. Kein Geräusch.

Nur Bewegung.

Leo griff nach der Waffe, Klara folgte seinem Blick. Ihre Finger kribbelten, der Reflex zum Töten war sofort da.

Dann – das Knacken eines Schuhs auf dem Boden.

Klara richtete die Waffe auf die Tür. Ihr Puls raste.

Leo zählte leise. Drei Männer. Mindestens.

Dann kam der erste Schlag gegen die Tür.

Die Falle war zugeschnappt.

4. Schmutzige Wahrheiten

4.1. Treffen mit einem Geist

Der Morgen hing schwer über Berlin.

Dicke Wolken lagen tief über der Stadt, der Himmel war grau wie Beton. Der Regen hatte aufgehört, aber die Straßen glänzten noch nass von der Nacht, und der Wind trug den Geruch von Laub und feuchtem Asphalt mit sich.

Leo saß hinter dem Steuer eines alten BMW 5ers, den er in einer Tiefgarage in Neukölln ausgetauscht hatte. Der Audi war kompromittiert – sie brauchten ein Fahrzeug, das keine Spuren hinterließ. Alles, was auf sie zurückzuführen war, musste verschwinden.

Neben ihm saß Klara, die Arme vor der Brust verschränkt, der Blick starr auf die Straße gerichtet. Sie hatte seit Stunden nicht gesprochen, aber Leo konnte spüren, dass ihr Kopf arbeitete. Sie dachte nach. Sie plante.

Vor ihnen lag Grunewald. Ein Viertel der Reichen, der Politiker, derjenigen, die ihre Hände in jeder dreckigen Sache hatten, aber nie erwischt wurden. Hier lebte Gregor Stojanovic, ein Geist aus einer anderen Zeit, ein Mann, der offiziell nicht existierte.

„Bist du bereit?" fragte Leo schließlich, ohne den Blick von der Straße zu nehmen.

Klara ließ eine Pause verstreichen. Dann nickte sie langsam. „Ich bin immer bereit."

Leo schnaubte. „Das ist die größte Lüge, die du je erzählt hast."

Die Villa lag abseits, verborgen hinter hohen Bäumen und einer meterhohen Steinmauer. Keine Überwachungskameras.

Keine Klingel. Nur ein schwarzes Metalltor mit vergoldeten Ver-
zierungen, das so wirkte, als hätte es jemand vor Jahren vergessen. Leo fuhr vorbei, drehte eine Runde um den Block, ließ
die Umgebung auf sich wirken.

„Er hat kein Personal", murmelte Klara.

„Weil er weiß, dass er keins braucht."

Leo kannte Männer wie Stojanovic. Männer, die so viele Leichen in ihrem Keller hatten, dass sie keine Angst mehr hatten.
Nur Resignation. Nur ein stilles Warten auf den Moment, in
dem sie endlich abgeholt wurden.

„Wie gehen wir rein?" fragte Klara.

Leo trat leicht auf die Bremse, ließ den Wagen in einer Nebenstraße ausrollen.

„Wir klopfen an."

Klara zog eine Augenbraue hoch. „Klingt nach einem scheiß
Plan."

Leo grinste. „Dann passt er zu unserer aktuellen Lage."

Sie stiegen aus. Der Wind zog durch die Baumwipfel, raschelte
in den Blättern. Es war still hier. Zu still.

Leo spürte es zuerst. Ein Ziehen in der Magengrube.

Etwas stimmte nicht.

Er sah zu Klara, die es ebenfalls spürte. Ihr Blick war schärfer
geworden, ihre Finger wanderten langsam zum Holster ihrer
Waffe. Sie waren nicht die Ersten hier.

Sie bewegten sich lautlos entlang der Mauer, Leo voraus, Klara
dicht hinter ihm. Der Kies unter ihren Stiefeln machte kaum
ein Geräusch.

Als sie das Tor erreichten, blieb Leo stehen, musterte es.

Die Tür war angelehnt.

„Scheiße", murmelte Klara.

Leo schob das Tor auf. Es bewegte sich lautlos, als wäre es frisch geölt. Dahinter führte ein schmaler, gepflasterter Weg durch einen akkurat gepflegten Garten – weiße Kieselsteine, perfekt gestutzte Hecken.

Und ein toter Mann.

Er lag mitten auf dem Weg, die Beine unnatürlich verdreht. Sein Gesicht war zur Seite gedreht, die Augen weit offen, der Mund leicht geöffnet. Kein Blut. Keine sichtbare Schusswunde.

Klara kniete sich kurz hin, legte zwei Finger an die Kehle des Mannes.

„Genickbruch", murmelte sie.

Leo zog seine Waffe, ließ seinen Blick über das Gelände wandern.

„Das bedeutet, sie sind noch hier."

Klara stand auf. Die Jagd hatte begonnen.

Die Eingangstür der Villa stand offen. Ein dunkler Schlitz, der in ein stilles, verlassenes Haus führte.

„Deckung", flüsterte Leo.

Klara trat nach links, Leo nach rechts. Sie bewegten sich langsam ins Innere, ihre Waffen im Anschlag.

Das Haus war still. Keine Musik, kein Lärm, nur der entfernte Klang des Windes, der durch einen offenen Balkon wehte.

Der Geruch von verbranntem Schießpulver lag in der Luft.

Klara bewegte sich zur Treppe. Der Marmorboden unter ihr fühlte sich kalt an. Ihr Blick wanderte über den Eingangsbereich – ein antiker Holztisch, darauf eine Flasche Whiskey und zwei Gläser. Jemand hatte hier gesessen. Jemand hatte auf etwas gewartet.

Dann sah sie die ersten Blutspritzer.

Leo entdeckte sie fast gleichzeitig.

„Obergeschoss", murmelte er.

Sie folgten der Spur. Jeder Schritt war langsam, vorsichtig.

Oben angekommen, fanden sie ihn.

Gregor Stojanovic lag in einem schweren Ledersessel, der Kopf nach hinten gelehnt, der Blick ins Nichts gerichtet.

Seine Brust war aufgerissen. Kein sauberer Schuss, keine schnelle Tötung. Sein Hemd war dunkelrot, der Stoff durchtränkt. Klara trat näher, betrachtete die Wunden.

„Drei Kugeln", murmelte sie.

„Er sollte leiden", sagte Leo.

Klara zog langsam das blutige Jackett des Mannes zur Seite. Unter dem Stoff klebte ein Stück Papier an seiner Brust, das sich mit Blut vollgesogen hatte.

Sie zog es vorsichtig ab, faltete es auseinander.

Drei Worte.

„Ihr seid zu spät."

Leo ließ die Luft zwischen den Zähnen entweichen. „Scheiße."

Klara starrte auf die Nachricht. Ihr Herz raste.

Asarow war hier gewesen.

Und jetzt wussten sie nicht nur, dass sie zu spät waren.

Sie wussten auch, dass er ihnen einen Vorsprung geben wollte.

4.2. Ein Deal mit dem Teufel

Stojanovic' Augen waren tot, doch sein Lächeln war noch da.

Blut klebte an seinem Hemd, dunkle, zerfressene Flecken, die langsam über den Sessel tropften. Ein Mann, der wusste, dass es vorbei war – aber der bis zum letzten Moment das Spiel mitgespielt hatte.

Leo betrachtete die Leiche einen Moment lang, dann schüttelte er langsam den Kopf.

„Verdammter Mistkerl."

Klara ließ das blutige Stück Papier sinken, drehte es in ihren Fingern, als würde sie erwarten, dass die Worte sich veränderten. „Ihr seid zu spät."

„Er wollte mit uns reden", murmelte sie.

Leo sah zu ihr hinüber.

„Was?"

Sie deutete auf die Gläser auf dem Tisch, auf die halbvolle Flasche.

„Er hat auf uns gewartet. Jemand hat ihm gesagt, dass wir kommen."

Leo rieb sich mit der freien Hand über den Kiefer. „Oder jemand wollte sicherstellen, dass wir ihn genauso finden."

Klara trat näher, ihre Augen huschten über die Details. Das war keine überhastete Exekution. Asarow hatte sich Zeit genommen. Er hatte Stojanovic nicht einfach erschossen. Er hatte ihn in den Wahnsinn getrieben, bevor er ihn ausbluten ließ.

Und doch... da war etwas.

Irgendetwas fehlte.

Sie kniete sich hin, durchsuchte die Jackentaschen des Toten. Papiere, Schlüssel, ein Feuerzeug.

Und dann – eine kleine Notiz, zusammengefaltet, in der Innentasche verborgen.

Sie zog sie langsam heraus. Das Papier war alt, an den Kanten abgenutzt.

Ein Satz.

„Ich gebe euch einen Namen. Aber dann tut ihr was für mich."

Leo las die Notiz zweimal, dann verzog er das Gesicht.

„Ich hasse es, wenn Tote mir Bedingungen stellen."

Klara ignorierte ihn. Sie griff nach dem Feuerzeug des Toten, drehte es in der Hand. Ein silbernes Zippo, graviert mit Initialen: G.S.

„Er wollte mit uns reden", murmelte sie erneut. „Er wusste, dass wir ihn finden würden. Und er hatte noch einen letzten Deal in der Tasche."

Leo lehnte sich gegen die Wand. „Zu blöd, dass er vorher ausgeweidet wurde."

Klara sah ihn scharf an.

„Vielleicht hat er uns trotzdem etwas hinterlassen."

Sie zog ihr Messer aus dem Gürtel, hockte sich hin und schnitt mit der Klinge den Stoff von Stojanovic' Hemd auf.

Leo hob eine Augenbraue. „Ich hoffe, du suchst nicht nach einer letzten Botschaft, die er sich in die Brust geritzt hat."

Klara ignorierte ihn. Ihre Finger tasteten über das blutige Shirt, über die Haut des Toten, über jede mögliche Stelle, an der jemand etwas hinterlassen konnte.

Dann – ein kaum merklicher Widerstand.

Klara griff nach ihrem Taschenmesser, drehte die Klinge, ritzte vorsichtig an einer Naht entlang.

Ein kleiner, zusammengefalteter Streifen Papier fiel heraus.

Leo stieß einen kurzen Pfiff aus. „Der Mistkerl hat vorgesorgt."

Klara entfaltete die Notiz, ihre Finger klebrig vom getrockneten Blut.

Ein einziger Name. Ivan Petrovic.

Stille.

Leo schloss kurz die Augen, dann ließ er einen Fluch los. „Verdammt."

Klara sah ihn an. „Du kennst ihn."

Leo nahm sich die halbvolle Flasche Whiskey vom Tisch, trank einen langen Schluck und wischte sich mit dem Ärmel über den Mund.

Dann nickte er langsam.

„Ja. Ich kenne ihn."

„Er war ein Geist wie Stojanovic", sagte Leo, während er sich auf die Couch fallen ließ. „Einer von diesen Schattenmännern, die nichts anderes getan haben, als in den dreckigsten Löchern der Welt Deals abzuschließen, von denen niemand wissen durfte."

Klara rieb sich die Stirn. Noch ein Name, noch ein toter Mann, noch eine Spur, die sich in Blut verlieren würde.

„Wo ist er jetzt?"

Leo schnaubte leise. „Wenn ich das wüsste, wären wir beide reiche Leute."

„Du hast also keine Ahnung?"

„Ich habe eine Vermutung."

Klara hob eine Augenbraue. „Die wäre?"

Leo sah sie an, sein Blick kühl.

„Belgrad."

Klara schnaubte. „Natürlich. Wo sonst?"

Serbien. Ein verdammtes Minenfeld.

„Ich hoffe, du hast noch ein paar alte Freunde in der Stadt", sagte sie sarkastisch.

Leo grinste. „Freunde? Nein. Aber ich kenne eine Menge Leute, die mich töten wollen. Zählt das?"

Draußen, im Wald hinter der Villa, lehnte Asarow gegen einen Baum. Er hatte sie beobachtet, jede Bewegung, jede Reaktion. Er wusste, dass sie den Namen gefunden hatten. Er wusste, dass sie nach Belgrad gehen würden. Und genau das war sein Plan. Er zog sein Telefon aus der Manteltasche, wählte eine Nummer.

„Es ist so weit."

Am anderen Ende der Leitung war nur ein kurzes, zustimmendes Geräusch zu hören. Dann legte er auf. Das Spiel ging weiter.

4.3. Die Wahrheit kommt ans Licht

Der Regen begann wieder.

Klara und Leo saßen in dem alten BMW, der auf einem Parkplatz am Rand von Grunewald stand. Der Motor lief leise, ein gleichmäßiges Summen, das kaum lauter war als das Prasseln der Tropfen auf der Windschutzscheibe. Klara hielt das blutige Stück Papier mit Petrovics Namen zwischen den Fingern.

Ihr Blick war starr auf die Buchstaben gerichtet, als könnte sie aus ihnen mehr herauslesen als nur einen Namen.

Leo zog an seiner Zigarette, ließ den Rauch langsam aus der Nase strömen.

„Das passt nicht", sagte Klara schließlich.

Leo sah sie von der Seite an. „Was passt nicht?"

„Stojanovic war ein Bastard, aber er war kein Idiot. Er hat uns das hier nicht hinterlassen, weil er sentimental wurde. Er wusste, dass er tot war, aber er wollte, dass wir wissen, warum."

Leo nickte langsam. „Und?"

Klara drehte das Papier in den Fingern. „Und was, wenn Petrovic nicht das eigentliche Ziel ist? Was, wenn er nur ein weiteres verdammtes Bauernopfer ist?"

Leo nahm einen letzten Zug, schnippte die Zigarette aus dem Fenster. Der Regen löschte die Glut in Sekunden.

„Dann müssen wir denjenigen finden, der ihn auf das Schachbrett gesetzt hat."

Klara sah ihn an. Ihr Blick war kühl. „Und ich glaube, ich weiß, wo wir anfangen."

Sie ließen den BMW in einem Parkhaus in Mitte stehen und nahmen ein Taxi. Eigene Fahrzeuge waren jetzt zu gefährlich.

„Also wohin?" fragte Leo, als sie einstiegen.

Klara zögerte nur kurz. Dann nannte sie einen Namen.

„Jonas Keller."

Leo schnaubte. „Der lebt noch?"

Klara verzog keine Miene. „Er ist immer noch beim BND."

Leo lehnte sich zurück, fuhr sich mit einer Hand durch die Haare. „Das wird hässlich."

„War es das nicht schon immer?"

Jonas Keller lebte in einer schicken Altbauwohnung in Charlottenburg, ein viel zu teurer Ort für einen Mann mit seinem offiziellen Gehalt.

Leo kannte Keller von früher. Er war einer dieser BND-Typen, die nicht auf der Straße arbeiteten, sondern in Büros, mit Akten und Laptops. Aber er war nicht harmlos. Leute wie Keller waren gefährlich, weil sie keine Kugeln brauchten, um jemanden zu töten – sie konnten es mit einem Tastendruck erledigen.

Leo wusste, dass Keller Dreck am Stecken hatte. Jeder beim BND hatte Dreck am Stecken. Aber jetzt mussten sie herausfinden, ob er nur ein kleines Rädchen im Getriebe war, oder ob er der verdammte Maschinenraum war.

Sie gingen zu Fuß die letzten Meter, hielten sich in den Schatten der Bäume, während die Stadt um sie herum lebendig blieb.

„Wie willst du ihn dazu bringen zu reden?" fragte Leo.

Klara sah ihn an. Ihre Augen waren kalt. „Ich werde ihm eine Frage stellen."

„Und wenn er nicht antwortet?"

„Dann werde ich ihm sehr weh tun."

Leo grinste. „Ich liebe es, wenn du romantisch wirst."

Keller öffnete die Tür nach dem zweiten Klopfen. Er erkannte Klara sofort.

Sein Gesicht wurde blass.

„Scheiße."

Klara drängte sich an ihm vorbei, Leo folgte ihr. Sie hatten keine Zeit für Smalltalk. Die Wohnung war sauber, perfekt organisiert. Glasregale, teure Möbel, ein moderner Laptop auf einem glänzenden Schreibtisch. Der Lebensstil eines Mannes, der wusste, dass er für seine Loyalität gut bezahlt wurde. Keller schloss langsam die Tür. Seine Augen huschten zu einem Beistelltisch neben dem Sofa. Waffe? Alarmknopf?

Klara trat näher, ihre Stimme ruhig. „Versuch es und ich breche dir die Finger, bevor du es berührst."

Keller schluckte. Dann setzte er ein falsches Lächeln auf. „Klara. Schön, dich zu sehen."

„Spar dir den Scheiß."

Leo ließ sich auf das Sofa fallen, griff nach einer Whiskeyflasche, die auf dem Tisch stand, und schenkte sich ein Glas ein. Reine Provokation.

Klara ließ Keller keine Zeit zum Nachdenken.

„Wie tief steckst du drin?"

Keller runzelte die Stirn. „Wovon redest du?"

Klara trat einen Schritt näher.

„Gregor Stojanovic. Ivan Petrovic. Das gescheiterte Attentat auf der Glienicker Brücke. Du wusstest es, bevor es passiert ist."

Keller hob abwehrend die Hände. „Moment, Moment. Das ist nicht mein Ding."

Leo trank einen Schluck. „Wessen Ding ist es dann?"

Keller wich einen Schritt zurück.

„Ihr versteht das nicht. Es geht nicht um einen Einzelnen. Das hier ist größer als alles, was ihr euch vorstellt."

Klara packte ihn am Kragen, zog ihn nach vorne, bis ihr Gesicht nur Zentimeter von seinem entfernt war. Er roch nach Schweiß. Nach Angst.

„Wer ist es, Jonas?" Ihre Stimme war jetzt eiskalt.

Keller zitterte. Seine Augen zuckten hin und her. Er wollte es nicht sagen. Klara riss ihn nach vorne und stieß ihn mit brutaler Kraft gegen die Wand. Ein Bild fiel klirrend zu Boden.

„WER?!"

Keller japste nach Luft. Seine Lippen bebten.

Dann... ein Name.

„...Jens Weber."

Stille.

Leo setzte sein Glas ab. Seine Hände waren plötzlich ganz ruhig. Klara ließ Keller los. Ihre Miene war aus Stein.

Jens Weber.

Ein hoher Sicherheitsbeamter. BND, aber auch tief mit der CIA verbunden. Ein Mann, der offiziell loyal war. Ein Mann, der das gesamte verdammte Spiel kontrollieren konnte.

Leo seufzte und fuhr sich mit einer Hand durchs Gesicht.

„Jetzt sind wir wirklich am Arsch."

4.4. Sie sind nicht allein

Berlin, 23:47 Uhr

Der Regen war stärker geworden.

Dicke Tropfen klatschten auf das Dach des alten BMWs, während Klara und Leo schweigend auf einer Nebenstraße in

Charlottenburg parkten. Die Motoren der Stadt brummten in der Ferne, doch hier war es still. Zu still.

Jens Weber.

Der Name brannte sich in Klaras Gedanken ein wie ein scharfes Messer in Fleisch. Ein Verräter mitten im BND. Einer, der wusste, wie das Spiel funktionierte – und der genau deshalb so gefährlich war.

„Wir können nicht einfach zu ihm marschieren und fragen, warum er uns tot sehen will", sagte Leo schließlich.

Klara schnaubte. „Ach, echt?"

Leo ignorierte den Sarkasmus. Sein Blick blieb auf die spiegelnden Fenster der Umgebung gerichtet, auf die Schatten, die zwischen Laternen und Hausecken lauerten.

Etwas fühlte sich falsch an.

„Keller war nervös", murmelte Klara.

Leo nickte. „Er hat sich verplappert. Und ich wette, dass er sich jetzt Gedanken macht, wie er das rückgängig machen kann."

Klara dachte an den Moment, als sie Jonas Keller gegen die Wand gedrückt hatte. Sein Zittern, sein panischer Blick. Er hatte den Namen Jens Weber ausgespuckt, aber nicht, weil er helfen wollte. Sondern weil er wusste, dass er keine andere Wahl hatte.

Und jetzt...

Jetzt waren sie ins Fadenkreuz geraten.

Leo fuhr los, langsam, die Hände fest am Lenkrad.

„Wohin?" fragte Klara.

„Wir brauchen einen Ort, an dem wir uns sammeln können."

„Gibt es noch jemanden, dem wir vertrauen können?"

Leo lachte leise. Es war kein fröhliches Lachen.

„Vertrauen? Klara, wir haben gerade herausgefunden, dass der verdammte BND uns jagt. Ich traue nicht einmal mehr meinem eigenen Schatten."

Klara seufzte. Sie rieb sich über die Stirn, versuchte, das Chaos in ihrem Kopf zu ordnen.

Dann fiel ihr Blick in den Seitenspiegel.

Ein schwarzer Wagen.

Er war mindestens drei Autos hinter ihnen. Abgedunkelte Scheiben. Keine Scheinwerfer.

„Leo."

„Ich sehe ihn."

Leo bog abrupt rechts ab, dann wieder links, durch eine schmale Nebenstraße. Der schwarze Wagen folgte.

„Scheiße", murmelte Klara.

Leo schnaubte. „Ich hasse es, wenn ich recht habe."

Die Straße war leer. Keine Passanten. Keine Zeugen.

„Das ist eine Falle", murmelte Leo.

Klara zog ihre Waffe. „Dann lass sie uns nicht enttäuschen."

Dann kam der erste Schuss.

BOOM.

Die Heckscheibe des BMWs zersplitterte in tausend Stücke. Klara duckte sich instinktiv, während Leo das Lenkrad herumriss.

Der zweite Schuss traf den linken Außenspiegel.

„Zugedröhnt oder verdammt gut", knurrte Leo, während er das Gaspedal durchtrat. Der Motor heulte auf, die Reifen kreischten über den nassen Asphalt.

Klara riss sich zusammen, lehnte sich aus dem Fenster und zielte auf den schwarzen Wagen.

Drei Schüsse.

Das erste Projektil traf die Motorhaube, ließ Funken sprühen. Der zweite verfehlte knapp die Windschutzscheibe. Der dritte –

Treffer.

Die Frontscheibe splitterte, ein Loch in der Mitte.

Der schwarze Wagen wackelte, doch der Fahrer blieb dran.

„Verdammt, die sind gut", fauchte Klara.

„Das macht es doch spannend", murmelte Leo.

Dann kam der nächste Schuss.

Und diesmal traf er Leo.

Klara hörte das Geräusch noch bevor sie es sah.

Ein dumpfer Aufschlag. Ein kurzes Stöhnen von Leo.

Dann roch sie es.

Blut.

Leo keuchte, riss das Lenkrad herum, als der BMW um eine enge Kurve driftete. Seine linke Schulter war dunkel, nass – das Blut sickerte durch den Stoff seines Shirts.

„Scheiße", knurrte er.

Klara drehte sich um, sah den schwarzen Wagen. Sie hatten keine Zeit.

Sie zielte erneut, diesmal ruhiger. Ein Schuss.

Der rechte Vorderreifen explodierte.

Der schwarze Wagen geriet ins Schleudern, drehte sich einmal um die eigene Achse, krachte mit voller Wucht gegen eine Hauswand.

Stille.

Nur das Knirschen von Metall.

Leo fuhr weiter, keuchend, das Gesicht angespannt.

„Leo – du musst anhalten."

„Nein."

Sein Griff am Lenkrad war fester als nötig. Er kämpfte gegen den Schmerz an.

„Leo."

„Nicht jetzt."

„Scheiße, Mann! Du blutest überall hin!"

Er grinste schwach. „Nicht überall. Nur da, wo ich getroffen wurde."

Klara funkelte ihn an. „Das ist nicht witzig."

Leo schnaubte. „Wenigstens einer von uns bleibt entspannt."

Klara zog ein Tuch aus der Tasche, drückte es gegen seine Schulter.

Leo zuckte zusammen, aber er biss die Zähne zusammen.

Sie fuhren weiter.

Doch sie wussten beide, dass es nicht vorbei war.

5. Verräter unter uns

5.1. BND, FSB, CIA – Wer steckt dahinter?

Leo fuhr durch die dunklen Straßen Berlins, das Lenkrad fest umklammert. Sein Atem war flach, unregelmäßig, und Klara konnte sehen, wie sich seine Finger um das Leder spannten, während er versuchte, den Schmerz zu ignorieren. Seine Schulter blutete immer noch. Nicht tödlich, aber beschissen unangenehm.

„Du musst anhalten", sagte Klara zum dritten Mal.

„Nicht jetzt."

„Leo–"

„Ich sagte, nicht jetzt."

Sein Blick war hart, unerbittlich. Er hatte nicht vor, sich auszuruhen. Klara funkelte ihn an, aber sie wusste, dass es zwecklos war. Sie warf einen Blick in den Rückspiegel. Der schwarze Wagen war zerstört, aber das bedeutete nichts. Die, die sie jagten, waren nicht die Sorte, die einfach aufgab.

Und dann war da noch etwas. Der Name. Jens Weber.

Ein Mann in den höchsten Kreisen des BND. Ein Mann, der Zugriff auf jede verdammte Information hatte, die sie betraf.

Und ein Mann, der sie sterben sehen wollte.

„Wenn Weber wirklich hinter allem steckt...", begann Klara langsam.

„Dann sind wir so gut wie tot", beendete Leo den Satz für sie.

Stille.

Sie beide wussten, dass es wahr war.

Leo steuerte den Wagen in eine Tiefgarage unter einem alten Bürokomplex. Ein Ort, den er vor langer Zeit als Fluchtpunkt eingerichtet hatte.

Sie parkten in einer Ecke, weit weg von den Kameras.

„Lass mich mal sehen", sagte Klara.

Leo brummte, aber er lehnte sich nach vorne, zog sein Jackett aus. Das Tuch war blutgetränkt. Die Kugel war durchgegangen – das rettete ihm das Leben, bedeutete aber auch, dass er viel Blut verloren hatte. Klara zog ein kleines Erste-Hilfe-Set aus dem Handschuhfach. Kein Luxus, aber besser als nichts. Sie drückte eine sterile Kompresse auf die Wunde. Leo zuckte.

„Verdammt, Klara."

„Hör auf, dich zu benehmen wie ein Baby."

Sie wickelte einen Verband um seine Schulter, zog ihn fest. Leo knirschte mit den Zähnen.

„Was jetzt?" fragte er schließlich.

Klara zog ihr Telefon heraus. Kein Internet. Kein Signal.

„Weber hat die verdammten Netze im Griff", murmelte sie.

Leo sah sie scharf an. „Das bedeutet, dass wir keine Zeit haben. Wenn er will, dass wir verschwinden, dann kann er das tun."

„Wie beweisen wir, dass er dahintersteckt?"

Leo lachte bitter. „Beweisen? Klara, wir sind die Gejagten. Kein Gericht der Welt wird sich unsere Geschichte anhören."

Klara biss die Zähne zusammen. Er hatte recht. Wenn der verdammte Sicherheitschef des BND sie als Bedrohung einstufte, dann gab es keinen Weg, sich rauszureden.

Keinen legalen Weg.

„Also müssen wir einen anderen Weg finden."

Leo schnaubte. „Oh, ich liebe es, wenn du so denkst."

Klara tippte mit dem Finger auf das Armaturenbrett. Ihr Gehirn arbeitete auf Hochtouren.

„Jens Weber arbeitet nicht allein."

Leo runzelte die Stirn. „Du glaubst, er hat Verbündete?"

„Ich bin mir sicher. Keiner in dieser Position kann alleine handeln. Wir müssen den schwächsten Punkt in seiner Kette finden."

Leo grinste schief. „Das klingt nach Erpressung."

„Es ist Erpressung."

Sie sah ihn an, ihre Augen kalt und kalkulierend.

„Wir holen uns den Beweis, den wir brauchen. Und wenn es bedeutet, dass wir jemanden brechen müssen – dann brechen wir ihn."

Leo nickte langsam.

„Dann lass uns jemanden finden, der Angst vor uns hat."

5.2. Feuerfalle in einem Hotel

Berlin, Hotel Adlon, 01:37 Uhr

Der Regen war stärker geworden.

Klara und Leo bewegten sich durch die leeren Straßen Berlins, die Lichter der Stadt flimmerten auf den nassen Asphaltflächen. Sie waren müde, verletzt, gehetzt – aber sie konnten sich keine Pause leisten. Nicht jetzt. Nicht, solange Weber noch lebte.

Die Spur führte sie zu einem Kontaktmann, einem ehemaligen BND-Analysten, der in der Vergangenheit mit Weber zusammengearbeitet hatte. Ein Mann, der zu viel wusste. Und einer, der sich bereiterklärt hatte, sich mit ihnen zu treffen – anonym, diskret.

Ort: Hotel Adlon, Zimmer 312.

Ein schlechter Ort für ein geheimes Treffen. Zu öffentlich. Zu viele Unbekannte. Aber sie hatten keine Wahl.

„Wenn das eine Falle ist, sind wir geliefert", sagte Leo leise, als sie durch die Drehtür traten.

Klara schob die Kapuze tiefer ins Gesicht. „Wenn es eine Falle ist, reiße ich jemanden mit in die Hölle."

Der Fahrstuhl war leer, als sie einstiegen. Die goldenen Spiegelwände warfen ihr eigenes Bild zurück. Leo sah erschöpft aus, aber seine Augen waren wachsam. Klara war blass, ihre Haut spannte sich über die hohen Wangenknochen, aber in ihren Bewegungen lag noch immer die Präzision einer Raubkatze.

Der Aufzug fuhr lautlos nach oben. Klara lockerte den Griff um ihre Waffe unter der Jacke.

Leo warf ihr einen Blick zu. „Bereit?"

Sie grinste schief. „Frag mich nicht so eine dumme Frage."

Die Türen glitten auf. Der Flur war still. Ein langer, teppichbedeckter Gang, schwach beleuchtet, mit geschlossenen Türen zu beiden Seiten.

Zimmer 312 lag am Ende.

Sie gingen langsam, lautlos. Jedes Geräusch, jede Bewegung in ihrer Umgebung wurde registriert, analysiert.

Leo blieb zwei Meter vor der Tür stehen. Klara trat näher, hob die Hand zum Klopfen – dann zögerte sie.

Etwas stimmte nicht. Die Tür war nicht richtig geschlossen. Ein schmaler Spalt, kaum sichtbar.

Leo zog lautlos seine Waffe. Klara tat dasselbe.

„Auf drei", flüsterte er.

Sie nickte.

„Eins... zwei..."

Er riss die Tür auf.

Der Gestank war das Erste, das sie traf.

Blut. Warm, metallisch, süßlich.

Zimmer 312 war ein Schlachthaus.

Der Kontaktmann – ein hagerer Mann mit Brille, Anfang fünfzig – lag auf dem Bett. Oder das, was von ihm übrig war. Sein Hemd war durchtränkt mit Blut, seine Kehle war aufgeschnitten worden, eine dunkle Lache hatte sich um ihn herum gebildet. Seine Augen waren noch offen. Er hatte gewusst, dass er sterben würde. An der Wand, geschrieben mit seinem eigenen Blut:

„ZU SPÄT."

Klara presste die Lippen zusammen. Ihr Magen zog sich zusammen, aber sie ignorierte es. Sie hatte schon schlimmere Dinge gesehen. Leo bewegte sich zur anderen Seite des Raumes, überprüfte das Badezimmer.

„Niemand hier."

Klara trat näher an die Leiche. Sie kniete sich hin, durchsuchte die Taschen des Mannes. Nichts. Kein Telefon, keine Notizen, keine Hinweise.

„Das war nicht nur ein Mord", murmelte sie. „Das war eine verdammte Botschaft."

Leo nickte. „Und ich wette, dass sie uns immer noch beobachten."

Er trat ans Fenster. Die Straße war leer. Zu leer.

„Wir müssen hier raus", sagte er scharf.

Klara wollte nicken – doch dann hörten sie es.

Ein leises Piepen.

Ein Geräusch, das sie sofort erkannten. Ein Zeitzünder.

Ihr Blick zuckte nach links. Unter dem Bett. Ein schwarzes, kompaktes Gerät mit einer rot blinkenden LED.

Zehn Sekunden.

„SCHEIßE! RAUS!"

Klara riss Leo mit sich, rannte zur Tür, stieß sie mit der Schulter auf. Sie stürzten in den Flur.

Acht Sekunden.

Sie sprinteten, ihre Füße donnerten über den Teppich. Der Aufzug war keine Option. Treppenhaus.

Fünf Sekunden.

Leo riss die Tür auf, sie rannten die Stufen hinunter, sprangen über zwei, drei Stufen auf einmal.

Drei Sekunden.

Klara drehte sich nicht um. Sie wusste, was kommen würde.

Dann – die Hölle brach los.

Die Explosion zerriss die Tür von Zimmer 312. Eine Druckwelle fegte durch den Flur, schleuderte Trümmer und Feuer in
alle Richtungen.

Klara wurde von der Wucht erfasst, fühlte, wie ihr Körper
durch die Luft geschleudert wurde.

Dann – Aufprall. Ihr Kopf knallte gegen etwas Hartes. Ihr Blick
wurde schwarz.

Sie wusste nicht, wie lange sie bewusstlos war. Sekunden, Minuten? Ihr Körper schmerzte, ihr Schädel pochte. Sie blinzelte.
Feuer. Überall. Schwarzer Rauch, Flammen, der Geruch von
verbranntem Teppich und verkohltem Holz.

Leo lag ein paar Meter entfernt. Blut an seiner Stirn.

„Leo!"

Er bewegte sich. Stöhnte. Kam langsam auf die Knie. Sie kroch
zu ihm, packte ihn an den Schultern. Sein Blick war benom-
men, aber er lebte.

„Wir müssen raus", keuchte sie.

Sie half ihm auf die Beine. Ihre Muskeln brannten, ihr ganzer
Körper schrie nach Ruhe, nach Luft, nach verdammtem Sauerstoff. Aber sie hatten keine Zeit. Der Feueralarm heulte durch
das Hotel. Schritte hallten aus den unteren Stockwerken. Polizei. Feuerwehr. Vielleicht noch schlimmer.

„Notausgang", murmelte Leo.

Klara nickte. Sie stolperten weiter, die Hitze fraß sich durch
die Wände.

Dann – ein Schatten. Jemand wartete unten.

Eine Gestalt im dunklen Anzug, die Hand auf einer Waffe.

Klara hob ihre eigene Pistole.

„Nicht heute", fauchte sie.

Der Mann riss den Arm hoch – zu spät. Klara schoss zuerst.

Ein einzelner Treffer. Mitten in die Brust.

Der Mann taumelte, fiel rückwärts die Treppe hinunter.

Kein Mitleid. Kein Bedauern. Nur Überleben.

Sie rannte weiter, zog Leo mit sich.

Draußen – kalte Luft, Sirenen, Menschen, die schockiert auf das Hotel starrten.

Sie verschwanden in der Menge.

Hinter ihnen brannte das Adlon.

5.3. Nähe und Zweifel

Berlin, 02:49 Uhr

Der Regen prasselte gegen die Fensterscheiben. Ein monotoner, gleichmäßiger Rhythmus, der die Stille im Raum noch intensiver machte.

Klara saß auf der Kante eines alten Holztisches, eine halbgeleerte Whiskeyflasche neben sich. Ihre Hände waren immer noch zittrig – von der Explosion, vom Adrenalinschub, von der unkontrollierten Geschwindigkeit, mit der sie vor der Katastrophe davongerannt waren.

Leo stand am Waschbecken in der Ecke des Raumes. Seine blutgetränkte Jacke lag auf dem Boden. Er hatte sich das Shirt ausgezogen, das von Rauch und Schmutz geschwärzt war. Sein Rücken war voller Narben. Alte, verblasste Wunden, Erinnerungen an eine Vergangenheit, über die er nicht sprach.

Klara nahm einen Schluck aus der Flasche. Der Alkohol brannte, aber er machte den Schmerz erträglicher.

„Setz dich hin", sagte sie schließlich.

Leo warf ihr einen kurzen Blick zu. „Ich bin kein verdammtes Kind."

Klara funkelte ihn an. „Und trotzdem blutest du wie eines."

Leo schnaubte, setzte sich aber schließlich auf einen der alten Stühle. Klara griff nach dem Erste-Hilfe-Kit, kniete sich vor ihn und begann, die Wunde an seiner Schulter neu zu verbinden.

Ihre Finger waren sanft, aber präzise. Sie hatte das schon oft getan. Zu oft.

Leo beobachtete sie aus seinen müden, dunklen Augen. „Du könntest einfach gehen, weißt du?"

Klara hielt kurz inne. Ihr Blick glitt zu seinem Gesicht.

„Und du?"

Er grinste müde. „Ich bin zu müde zum Laufen."

Klara riss ein Stück Verband ab, drückte es fester auf die Wunde. Leo zuckte kaum merklich zusammen.

„Du bist ein Arschloch", murmelte sie.

„Ja", stimmte er zu.

Stille.

Klara wickelte den Verband fester, ihre Finger strichen kurz über seine Haut. Es war ein ungewollter, fast flüchtiger Kontakt – aber beide spürten ihn.

Der Regen verstärkte sich. Ein fernes Gewitter zuckte über die Stadt.

Klara nahm sich die Whiskeyflasche und lehnte sich gegen die Wand. Sie musste den Abstand wiederherstellen.

Doch Leo ließ sie nicht aus den Augen.

„Was?" fragte sie.

„Ich frage mich, wann du mich endlich erschießt."

Klara zuckte nicht einmal mit der Wimper. „Ich denke noch darüber nach."

Leo grinste. Aber es war ein müdes, kaputtes Grinsen.

„Du willst mich hassen", sagte er leise.

„Ich hasse dich."

Er lehnte sich zurück, legte den Kopf gegen die Wand. Sein Blick ruhte auf ihr – ruhig, analysierend, wie immer.

Er wusste es besser. Sie hasste ihn, ja. Aber sie hasste auch sich selbst, weil sie wusste, dass sie ihn brauchte.

Dass sie ihn immer gebraucht hatte.

„Ich habe dich nicht verraten, Klara."

Sie schloss die Augen, drückte die Fingerspitzen gegen ihre Schläfen. Sie wollte es nicht hören.

„Glaub mir", sagte Leo leise.

Sie öffnete die Augen. „Warum sollte ich?"

Leo atmete langsam aus. Dann tat er etwas, das sie nicht erwartete. Er stand auf, trat näher. Sein Gesicht war keine zehn Zentimeter von ihrem entfernt.

„Ich hatte zwei Optionen: Dich ans Messer liefern oder dafür sorgen, dass du am Leben bleibst."

Klara spürte seinen Atem auf ihrer Haut.

„Und was hast du gewählt?" fragte sie, ihre Stimme kaum mehr als ein Flüstern.

Leo sah ihr direkt in die Augen.

„Ich habe dich lebendig verkauft."

Stille.

Der Regen schlug gegen die Fenster.

Klara spürte, wie ihre Fingernägel sich in ihre Handfläche bohrten. Wut. Zweifel. Verlangen.

Und die schmerzhafte, grausame Wahrheit.

Sie hätte ihn hassen sollen. Sie hätte ihn töten sollen.

Doch stattdessen…

… küsste sie ihn.

5.4. Berlin brennt

Berlin, 04:12 Uhr – Eine Stadt im Krieg

Der Regen hatte aufgehört, aber die Stadt dampfte noch. Über den Straßen hing ein bleierner Dunst aus Feuchtigkeit, Benzin und Rauch. In der Ferne heulte eine Sirene, irgendwo knallte eine Explosion, gefolgt von einem dumpfen, metallischen Aufprall.

Berlin schlief nicht mehr.

Berlin brannte.

Klara saß auf dem Beifahrersitz eines gestohlenen Audi A6. Ihr Körper war angespannt, ihre Waffe lag griffbereit auf ihrem Oberschenkel.

Leo fuhr. Mit einer Entschlossenheit, die keine Zweifel zuließ.

Hinter ihnen lagen brennende Trümmer – das Loft war nicht mehr sicher gewesen. Sie hatten die ersten Angreifer ausgeschaltet, aber es waren zu viele. Der Feind hatte aufgerüstet.

BND, FSB, CIA – sie alle wollten sie tot sehen.

Und jetzt war es ein offener Krieg.

„Wohin?" fragte Leo, seine Stimme ruhig.

Klara sah ihn an. Ihr Blick war kalt, ihre Entscheidung unumstößlich.

„Zur Brücke."

Leo lachte leise, aber ohne jede Freude.

„Natürlich."

Als Leo auf den Ku'damm abbog, bemerkte Klara es zuerst.

„Scheiße."

Zwei schwarze SUVs mit verdunkelten Scheiben tauchten am Ende der Straße auf. Kein Nummernschild. Keine offiziellen Zeichen.

Nur Jäger.

„Festhalten", murmelte Leo.

Dann trat er das Gaspedal durch.

Der Audi brüllte auf, raste über die regennasse Straße. Die SUVs folgten.

Klara drehte sich um, sah, wie die Fenster der Verfolger sich öffneten. Schwarz gekleidete Männer. Sturmhauben. Schwere Waffen. Dann kam der erste Schuss.

Die Heckscheibe zersplitterte. Klara riss sich los, zog ihre Waffe und feuerte zurück. Die Kugeln prallten an der Panzerung der SUVs ab.

„Die sind gepanzert!", rief sie.

Leo knirschte mit den Zähnen. „Ich merke es."

Er zog den Wagen nach rechts, raste durch eine schmale Seitenstraße, während die Kugeln um sie herum einschlugen. Der Asphalt zerriss. Glasscherben regneten auf den Boden.

Die SUVs jagten sie weiter.

„Komm schon, komm schon…", murmelte Leo, als er plötzlich hart nach links zog.

Der Audi krachte durch eine enge Gasse. Ein Müllcontainer flog zur Seite, Funken sprühten von der rechten Fahrzeugseite, als Metall an Stein entlangschabte.

„Klara, halt dich fest!"

Dann – die Sackgasse.

Hochhauswände ragten vor ihnen auf. Kein Entkommen.

Die SUVs bremsten abrupt hinter ihnen. Die Türen wurden aufgerissen. Männer stiegen aus. Schwer bewaffnet.

„Wir haben sie", hörte Klara eine Stimme rufen.

Sie und Leo saßen in der Falle.

Und dann –

Die Explosion kam aus dem Nichts.

Feuer brach aus, einer der SUVs wurde mit voller Wucht gegen die Wand geschleudert. Ein lauter Knall, gefolgt von Schreien.

Klara sah nach links – eine Gestalt auf einem Motorrad.

Ein Raketenwerfer lag noch auf ihrer Schulter.

„Wer zur Hölle…?" begann Leo, doch dann fiel es Klara ein.

„Ilja."

Der Serbe ließ den Raketenwerfer fallen, zog eine AK-74U und feuerte in die Menge der überlebenden Angreifer. Gezielte Schüsse. Keine verschwendeten Kugeln.

Leo und Klara reagierten sofort. Klara sprang aus dem Audi, rollte sich ab, schoss auf einen Mann, der gerade seine Waffe hob. Treffer. Leo zog sein Messer, als einer der Angreifer direkt vor ihm stand. Ein schneller, sauberer Schnitt – die Kehle des Mannes öffnete sich, Blut spritzte auf den Asphalt.

Innerhalb von Sekunden war das Schlachtfeld leer.

Der Rauch verzog sich langsam, brennender Gummi stank in der Luft.

Ilja schob seine Sturmhaube nach oben, grinste.

„Habt ihr mich vermisst?"

Klara atmete schwer, ihre Waffe noch immer im Anschlag.

„Wie hast du uns gefunden?"

Ilja zuckte mit den Schultern. „Sagen wir einfach, ich habe einen Scheißriecher für Leute, die kurz davor sind zu sterben."

Leo wischte sich mit dem Handrücken über das Gesicht. „Du hast uns gerade das Leben gerettet."

Ilja grinste breiter. „Ja. Und jetzt schuldest du mir einen verdammten Gefallen."

Klara sah ihn an, ihr Blick noch immer hart, doch in ihren Gedanken formte sich bereits ein Plan.

Sie trat über eine der Leichen, beugte sich hinunter und zog ein Funkgerät aus der Tasche des toten Mannes. Ein direkter Kommunikationskanal zu ihren Jägern. Sie drückte die Sprechtaste, ließ jedoch kein Wort fallen – nur ihr Atem war zu hören.

Dann ließ sie das Gerät fallen, trat mit der Stiefelspitze darauf. Das Plastik splitterte mit einem dumpfen Knacken.

„Sie wissen, dass wir leben", sagte sie. „Aber sie wissen noch nicht, wo wir sie hinlocken."

Ilja sah sie misstrauisch an. „Also? Wo wollt ihr diesen verdammten Krieg beenden?"

Klara hob den Blick. Ihr Ziel war klar.

„Die Glienicker Brücke."

Ilja schnaubte. „Warum zur Hölle gerade dort?"

Leo richtete sich langsam auf, fuhr sich mit der Hand durch das blutverkrustete Gesicht.

„Weil es kein Ort ist, an dem man einfach verschwindet."

Ilja runzelte die Stirn. Klara erklärte es ihm nicht – sie ließ ihn es selbst verstehen.

Die Brücke war mehr als nur Beton und Stahl. Sie war ein Symbol. Dort wurden Spione ausgetauscht, Verräter verhandelt. Dort endeten Karrieren und Leben. Und genau dort würde Weber fallen.

Ilja schüttelte den Kopf. „Ihr seid wahnsinnig."

Klara nahm eine Patrone aus ihrer Tasche, steckte sie in das Magazin ihrer Waffe.

„Nein."

Sie ließ die Kugel einrasten.

„Wir sind am Ende angekommen."

6. Tödliche Spuren

6.1. Ein Name aus der Hölle

Der Regen hatte sich verzogen, aber die Kälte blieb. Berlin lag still in der Dämmerung, die Straßen glänzten vom nächtlichen Regen, während sich ein fahler Morgen über die Stadt legte.

Klara und Leo saßen in einem alten Mercedes, den Ilja organisiert hatte. Neue Kennzeichen, keine GPS-Ortung – ein Fahrzeug, das in der Masse verschwand.

Klara hatte kaum geschlafen. Zu viele offene Fragen. Zu viele Schatten. Doch jetzt hatten sie endlich eine Spur. Einen Namen.

Karl-Heinz von Bergen. Ein Name, der nach altem Geld und dunklen Geheimnissen klang. Klara drehte die Notiz zwischen den Fingern. Ein kleiner Zettel mit einer handgeschriebenen Adresse.

„Sag mir, dass das ein Scherz ist", murmelte sie.

Leo schnaubte, ohne aufzusehen. „Ich wünschte, es wäre einer."

Klara lehnte sich zurück, rieb sich mit den Fingern über die Stirn. Sie kannte den Namen nicht – aber Leo schon.

„Erzähl", sagte sie.

Leo seufzte, nahm eine Zigarette aus der Schachtel, drehte sie zwischen den Fingern, bevor er sie anzündete.

„Karl-Heinz von Bergen", sagte er langsam. „Ein Dinosaurier aus den alten Tagen des Kalten Krieges."

Klara hob eine Augenbraue. „BND?"

„Ja. Und viel mehr."

Leo blies den Rauch aus, sein Blick war in die Vergangenheit gerichtet.

„Er war einer der Architekten des Schattenspiels. Als die Mauer fiel, waren Leute wie er dafür verantwortlich, dass bestimmte Geheimnisse niemals ans Licht kamen. Er war ein Strippenzieher. Ein Mann, der wusste, wo die Leichen lagen – weil er sie selbst vergraben hat."

Klara runzelte die Stirn. „Und jetzt?"

Leo zuckte die Schultern. „Offiziell ist er pensioniert."

Klara wartete.

Leo ließ ein kurzes, dunkles Lachen hören.

„Inoffiziell ist er immer noch ein verdammter Haifisch."

Sie parkten in der Nähe einer alten Villa in Dahlem. Ein großes Grundstück, hohe Mauern, dicke Hecken, die jede Sicht versperrten. Die Residenz eines Mannes, der gelernt hatte, sich unsichtbar zu machen.

Leo starrte auf das Tor.

„Ich habe diesen Bastard das letzte Mal vor zehn Jahren gesehen."

Klara musterte ihn. „Wieso?"

Leo zog an seiner Zigarette. „Ich dachte, er wäre tot."

Sie verengte die Augen. „Und wenn er es nicht ist?"

Leo sah sie an. Sein Blick war kühl, abgeklärt.

„Dann müssen wir ihn umbringen, bevor er uns erwischt."

Sie näherten sich der Villa lautlos. Die Kameras über dem Tor schwenkten träge hin und her. Nicht besonders modern, aber effizient genug, um Amateure draußen zu halten.

Klara wusste, dass Männer wie von Bergen keine Klingel betätigten. Man musste ihnen zeigen, dass man keine andere Wahl hatte, als eingelassen zu werden. Also tat sie genau das. Sie trat direkt in den Sichtbereich der Kameras, hob ihre Waffe und richtete sie auf das Tor.

Leo seufzte. „Subtil wie immer."

Ein Summen. Die Kamera zoomte leicht heran. Dann – Klick.

Das Tor öffnete sich lautlos.

„Wir sind eingeladen", murmelte Klara.

Leo zog seine Waffe, bevor sie eintraten. Es war eine Einladung – aber keine sichere.

Die Villa war alt, aber perfekt gepflegt. Ein Marmorboden, dunkle Eichentüren, schwere Vorhänge, die das meiste Licht draußen hielten.

Und in der Mitte des Salons – eine Gestalt.

Karl-Heinz von Bergen saß in einem Ledersessel, ein Glas Cognac in der Hand. Sein Haar war schneeweiß, sein Gesicht tief zerfurcht, doch seine Augen… seine Augen waren immer noch scharf. Er musterte sie einen Moment lang, dann lächelte er.

„Leo Hartmann", sagte er leise. „Ich dachte, Sie wären tot."

Leo trat näher, ließ sich nicht aus der Ruhe bringen. „Und ich dachte, Sie hätten das Spiel verlassen."

Von Bergen lachte leise. Ein raues, trockenes Lachen.

„Niemand verlässt das Spiel, Leo. Sie von allen sollten das wissen."

Klara kreuzte die Arme. Sie mochte ihn nicht.

„Reden wir über das, was wirklich zählt", sagte sie kühl. „Sie haben den Austausch sabotiert. Sie wollten mich tot sehen."

Von Bergen nahm einen Schluck Cognac. „Wollen ist ein starkes Wort. Sagen wir... ich habe Ihre Existenz als unpraktisch empfunden."

Klara zog die Waffe, richtete sie direkt auf sein Gesicht.

„Und jetzt?"

Von Bergen stellte das Glas langsam auf den Tisch. Er zeigte keine Angst. Weil er wusste, dass sie ihn nicht einfach erschießen würden. Noch nicht.

„Jetzt müssen wir uns fragen, ob wir Feinde sein müssen."

Leo schüttelte den Kopf. „Sie sind ein Dinosaurier, von Bergen. Und Dinosaurier beißen am härtesten, bevor sie sterben."

Von Bergen lächelte. Ein Raubtierlächeln.

„Dann sollten Sie besser aufpassen, dass ich nicht zuerst zuschnappe."

6.2. Ein Besuch in der Vergangenheit

Potsdam, 02:14 Uhr – Das Haus des Geistes

Der Nebel kroch über das Ufer der Havel, legte sich wie ein trügerischer Schleier über das dunkle Wasser. Potsdam schlief, doch in den Schatten bewegten sich zwei Jäger.

Klara und Leo standen vor einem alten Herrenhaus, versteckt zwischen hohen Bäumen, am Rande der Stadt.

Karl-Heinz von Bergens zweites Anwesen.

Offiziell gehörte das Haus einer Anwaltskanzlei in Zürich. Ein Deckmantel. Niemand registrierte, dass hier noch jemand wohnte, dass hier noch Licht brannte. Doch für Männer wie von Bergen war ein zweites Versteck so selbstverständlich wie eine geladene Waffe.

„Irgendwelche Kameras?" fragte Klara.

Leo musterte die Fassade. Seine Augen huschten über die dunklen Fenster, die Dachrinnen, die Hausecken.

„Kein modernes Überwachungssystem", murmelte er. „Nur mechanische Sicherungen. Alt, aber effektiv."

„Kannst du es knacken?"

Leo grinste. „Frag mich nicht so eine dumme Frage."

Der Einbruch dauerte keine zwei Minuten.

Ein präziser Schnitt am Schloss, ein leiser Druck auf die Tür – und sie glitten lautlos in das dunkle Haus. Drinnen roch es nach altem Holz, Zigarrenrauch und abgestandenem Whisky. Ein Ort, in dem die Zeit stehen geblieben war.

„Er war kürzlich hier", flüsterte Klara.

Leo nickte. „Oder jemand anderes."

Sie bewegten sich langsam durch die Räume. Schwere Möbel, Regale voller alter Bücher, ein Kamin, in dem die Asche einer vergangenen Nacht noch nicht ganz erkaltet war.

Dann fanden sie es. Ein Arbeitszimmer. Die Luft war schwer.

Klara trat als Erste ein – und blieb abrupt stehen.

„Scheiße."

Der große Schreibtisch war verwüstet. Papiere lagen verstreut, einige davon halb verkohlt. Der Raum roch nach verbranntem Papier, nach alter Tinte, nach geheimer Geschichte, die jemand für immer auslöschen wollte.

Leo trat an den Tisch, hob eines der halb verkohlten Blätter auf. Die Ränder bröckelten unter seinen Fingern, doch einige Worte waren noch lesbar.

„Austausch... Verrat... Operation Glasauge..."

Sein Blick verhärtete sich.

„Jemand hat es vor uns gefunden."

Klara trat näher, zog ein weiteres Blatt aus dem Aschehaufen. Die Handschrift war alt, verwaschen, aber das Siegel darauf ließ ihr das Blut in den Adern gefrieren.

BND – 1985.

„Scheiße, Leo... das hier geht verdammt weit zurück."

Leo las über ihre Schulter. „Glasauge... dieser Name sagt mir was."

Klara runzelte die Stirn. „Was zum Teufel sollte eine Operation Glasauge sein?"

Leo starrte auf das verkohlte Dokument. „Ein Spion. Ein Maulwurf, der beide Seiten ausspielte."

Klara wollte gerade weiter in den Akten wühlen, als sie es hörte.

Ein leises Knistern. Ihr Instinkt schrie.

„RUNTER!"

Im nächsten Moment zerbarst das Fenster. Eine Kugel schlug direkt in den Kamin, Funken stoben auf.

Leo riss Klara mit sich zu Boden, während ein zweiter Schuss durch den Raum pfiff. Das Haus war nicht mehr sicher.

„Sie haben auf uns gewartet!" keuchte Klara.

Leo griff nach seiner Waffe, zog sie unter seinem Mantel hervor. „Nein. Sie haben gehofft, dass wir es zuerst finden."

Ein dritter Schuss krachte durch das Fenster.

Dann – Stille.

Leo lugte vorsichtig über die Kante des Schreibtischs. Der Schütze war nicht mehr dort.

„Verdammt", murmelte er.

Klara rappelte sich auf, riss eine Schublade auf. Ein letztes Dokument war noch unberührt. Sie griff danach – und sah den Namen. Jens Weber.

Ihr Herz schlug schneller.

„Leo..."

Leo trat neben sie, sah auf das Papier. Sein Gesicht wurde ausdruckslos.

Dann hörten sie es. Schwere Schritte auf dem Kies vor dem Haus. Die Jäger waren nicht verschwunden. Sie hatten nur gewartet.

6.3. Die Jäger werden die Gejagten

Berlin, 03:27 Uhr – Die Jagd beginnt

Das Auto raste durch die Straßen, die Scheinwerfer warfen scharfe Lichtkegel auf das nasse Pflaster. Die Luft in der Fahrerkabine war schwer von Schweiß, Blut und verbranntem Papier.

Klara hielt das verkohlte Dokument mit Webers Namen in ihren zitternden Fingern. Es war der letzte Beweis, dass sie nicht verrückt waren. Dass jemand im BND dieses Spiel nicht nur spielte, sondern die verdammten Regeln geschrieben hatte.

Leo hatte den Blick auf die Straße geheftet, eine Hand am Lenkrad, die andere auf seine blutende Seite gepresst. Er war getroffen.

Nicht tief, nicht tödlich – aber genug, um die Schmerzen zu ignorieren und trotzdem zu wissen, dass es nicht gut aussah.

„Du wirst langsamer", murmelte Klara.

Leo kniff die Augen zusammen. „Vielleicht genieße ich einfach nur die Aussicht."

Klara sah ihn an. Sah, wie er immer blasser wurde.

„Wir müssen dich verarzten."

„Später."

Seine Stimme war fest, aber sie hörte den Schmerz darin. Sie hatte keine Zeit für Diskussionen.

Sie mussten verschwinden. Und es gab nur einen Ort, wo sie sich für ein paar Stunden in der Dunkelheit vergraben konnten. Der Wagen rollte langsam die steile Rampe in die Tiefgarage hinunter. Kalte Neonlichter flackerten über dem grauen Beton, das Echo der Motorengeräusche verhallte in der Leere.

Keine anderen Autos. Keine Geräusche außer ihrem eigenen Atem.

Leo stellte den Motor ab, lehnte sich kurz mit geschlossenen Augen zurück. „Scheiße, ich brauche eine Pause."

Klara zog ein Messer aus ihrer Jackentasche und schnitt mit schnellen, präzisen Bewegungen das blutige Shirt von seiner Seite. Die Kugel hatte nur Fleisch getroffen, aber die Wunde sah übel aus. Tief. Rot. Pulsierend.

„Hör auf zu winseln", sagte sie, während sie aus dem Handschuhfach eine zerdrückte Wasserflasche zog und die Wunde grob auswusch.

Leo zuckte zusammen. „Ich winsle nicht. Ich genieße einfach deine Fürsorge."

„Halt die Klappe."

Sie drückte eine sterile Kompresse auf die Wunde. Zu fest. Absichtlich.

„Verdammt, Klara!"

„Lass mich doch einfach den verdammten Job machen, den du nicht kannst, weil du ständig in Kugeln rennst."

Leo knirschte mit den Zähnen. „Vielleicht solltest du mal nachdenken, warum ich das tue."

Sie erstarrte. Ihr Blick verhärtete sich.

Sie wollte etwas erwidern – doch dann hörte sie es.

Ein Geräusch. Kaum wahrnehmbar.

Ein leises Knacken von Schuhsohlen auf Beton.

Klara riss die Waffe hoch. Leo tat dasselbe.

Es war zu still. Und dann...

Das Licht ging aus. Die Dunkelheit war absolut.

Für den Bruchteil einer Sekunde war da nur die Stille.

Dann – Klick.

Das fahle Licht eines roten Laserpunktes huschte durch die Dunkelheit. Dann ein zweiter. Ein dritter.

Scharfschützen.

Klara und Leo warfen sich gleichzeitig in Deckung, als die ersten Kugeln durch die Windschutzscheibe des Autos krachten.

Der Hinterhalt war perfekt.

„Asarow", knurrte Leo.

Klara rutschte hinter eine der Betonsäulen, atmete schnell und flach. Sie sah Schatten in der Dunkelheit, Männer, die sich mit tödlicher Präzision bewegten.

Sie waren umzingelt.

„Wir müssen hier raus", flüsterte sie.

Leo überprüfte sein Magazin. Fünf Schuss. Keine Reserve.

„Dann mach einen Plan, Klara. Ich bin gerade etwas beschäftigt mit dem Verbluten."

Sie warf ihm einen Blick zu. Er war blass. Zu blass.

Verdammt. Sie mussten es hier beenden.

Klara lauschte. Sie hörte Schritte, das leichte Geräusch von Stoff, der sich bewegte. Jemand war nahe.

Sie drückte sich enger gegen die Betonsäule, die Waffe bereit. Warten. Warten.

Ein Schatten tauchte neben ihr auf. Schwarz gekleidet, ein schallgedämpfter Karabiner im Anschlag.

Er sah sie nicht.

Sie reagierte blitzschnell. Ein Schritt zur Seite, das Messer blitzte in ihrer Hand auf. Ein einziger, präziser Hieb in die Halsschlagader. Das Blut spritzte heiß und dunkel.

Der Mann zuckte, wollte schreien – aber Klara drehte die Klinge, zog ihn gleichzeitig nach hinten in die Dunkelheit.

Er starb, ohne dass jemand es hörte.

Einer weniger.

Leo presste sich gegen das Auto, zog eine tiefere, kontrollierte Atmung durch. Jemand kam näher.

Er zählte in Gedanken.

Drei Schritte.

Zwei.

Eins.

Dann drehte er sich mit einer schnellen Bewegung und drückte ab. Zweimal.

Die Kugeln trafen das Ziel direkt in die Brust. Das schallgedämpfte Gewehr des Mannes fiel scheppernd zu Boden, sein Körper sackte in sich zusammen. Leo schnaubte, seine Hand zitterte kurz. Die Wunde brannte, aber der Schmerz hielt ihn wach.

„Zwei erledigt", zischte er.

Dann kam eine Stimme aus der Dunkelheit.

„Nicht schlecht, Hartmann."

Klara erstarrte. Leo auch.

Die Stimme war ruhig, fast amüsiert.

Asarow.

„Ich frage mich, wie lange ihr noch durchhaltet", sagte Asarow. Seine Stimme hallte zwischen den Säulen wider, kam von überall und nirgends.

Klara sog scharf die Luft ein. Sie hasste diese Spielchen.

Leo bewegte sich langsam zur nächsten Deckung, ließ das Magazin seiner Waffe mit einem leisen Klick aus dem Griff gleiten. Drei Schuss übrig.

„Du redest zu viel", sagte Leo.

Asarow lachte leise. „Und du blutest zu viel."

Dann – Schritte. Schnell. Präzise. Leo und Klara reagierten gleichzeitig. Leo warf sich zur Seite, während Klara nach vorne sprang, die Waffe im Anschlag. Ein weiterer Angreifer tauchte auf – zu langsam.

Zwei Schüsse von Klara. Einer in die Brust. Einer in den Kopf. Der Körper fiel schwer zu Boden.

Doch dann –

Stille.

Die Luft war schwer. Asarow war nicht mehr da. Er hatte genug gesehen. Das war nur eine Warnung gewesen.

„Wir müssen raus hier", keuchte Leo.

Klara half ihm hoch, zog seinen Arm über ihre Schulter. Sie rannten, stolperten, brachen durch eine Nebentür in die Berliner Nacht. Hinter ihnen blieb nur Blut, Leichen – und das Echo eines Mannes, der im Dunkeln lachte.

6.4. Eine riskante Entscheidung

Die Luft roch nach altem Beton und Staub. Der Flur war lang, dunkel, die Fenster mit zerrissenen Jalousien verdeckt. Hier, in einem ehemaligen Bürokomplex am Rand von Kreuzberg, hatten sie sich für den Moment verschanzt.

Leo saß auf einem alten Schreibtisch, seine Jacke offen, das provisorische Verbandszeug um seine Schulter notdürftig gewechselt. Die Blutung hatte aufgehört, aber er war blass.

Klara stand am Fenster, den Rücken zu ihm, während sie ihr Telefon in der Hand hielt. Der Bildschirm war leer – noch keine Nummer gewählt.

„Sag mir, dass du nicht das tust, was ich denke."

Leos' Stimme war ruhig, aber sie konnte den drohenden Unterton darin hören. Klara drehte sich um, ihr Gesicht ausdruckslos.

„Ich kontaktiere jemandem beim BND."

Leo schloss für einen Moment die Augen, dann seufzte er. Lang und tief.

„Ich wusste es."

Er ließ sich von der Tischkante gleiten, stand langsam auf. „Hör zu, Klara. Ich verstehe, dass du Antworten willst. Aber wenn du jetzt den Falschen anrufst, graben wir unsere eigenen verdammten Gräber."

Klara hielt seinem Blick stand.

„Ich weiß."

„Dann lass es."

Sie schüttelte den Kopf.

„Wir haben keine Wahl. Wir brauchen jemanden auf der anderen Seite, der uns noch nicht tot sehen will."

Leo trat näher, sein Gesicht war nur noch eine Handbreit von ihrem entfernt. Seine Augen waren kalt, aber dahinter lag etwas anderes – eine Spur von Angst.

„Du spielst mit Feuer, Klara."

Sie lächelte schief. „Ich habe nie aufgehört."

Ihre Finger zögerten einen Moment, bevor sie die Nummer eintippte. Eine alte Nummer. Eine, die sie jahrelang nicht gewählt hatte. Der Rufaufbau dauerte vier Sekunden.

Ein Klicken. Stille.

Dann eine Stimme. Hart, überrascht, aber kontrolliert.

„Klara?"

Sie sog scharf die Luft ein. Er hatte ihre Nummer noch gespeichert.

„Ja."

Ein Zögern. Dann: „Ich dachte, du wärst tot."

„Tja, das wollten einige Leute."

Ein leises Lachen am anderen Ende. Kurz. Misstrauisch.

„Und warum rufst du mich dann an?"

Klara sah zu Leo. Er starrte sie nur an, die Arme vor der Brust verschränkt. Er wartete darauf, dass sie einen Fehler machte.

Sie drehte sich weg, sprach leise.

„Weil ich weiß, dass Jens Weber mich tot sehen will."

Eine Pause. Zu lang. Dann ein leises Einatmen.

„Scheiße."

Klara warf Leo einen Blick zu. Er hatte den Satz gehört.

Leo hob die Hände. „Okay. Das bedeutet entweder, dass er ehrlich überrascht ist – oder dass er sich gerade überlegt, wie er dich am besten ausliefert."

„Halt die Klappe", murmelte sie.

Zurück ins Telefon:

„Du weißt, dass ich die Wahrheit sage."

Der Mann am anderen Ende atmete schwer. Er kämpfte mit sich selbst.

„Hör zu, Klara… Ich kann dir nicht helfen. Ich bin nicht mehr der, der ich mal war."

„Bullshit."

„Weber ist zu mächtig. Er kontrolliert zu viel. Wenn du wirklich gegen ihn gehst, dann hast du keine Ahnung, worauf du dich einlässt."

Klara kniff die Augen zusammen. Da war etwas in seiner Stimme.

„Das sagst du nicht, um mich zu schützen."

Stille.

„Du hast Angst."

Wieder Stille. Dann – ein leises Lachen. Kaputt. Bitter.

„Natürlich habe ich Angst. Jens Weber ist nicht nur irgendein Verräter."

Klara starrte aus dem Fenster. Der Horizont wurde bereits heller. Die Nacht neigte sich dem Ende zu.

„Dann sag mir, was du weißt."

Ein weiteres Zögern. Dann:

„Triff mich."

Leo presste die Lippen zusammen. Sein Blick schrie: NEIN.

Klara ignorierte ihn.

„Wann? Wo?"

Der Mann nannte eine Adresse. Ein Treffpunkt in Ostberlin, eine verlassene Fabrik.

„Komm allein", sagte er.

Dann legte er auf.

Klara ließ das Telefon sinken.

Leo trat einen Schritt näher. Sein Blick war hart. Seine Stimme leise, aber messerscharf.

„Du glaubst ihm?"

Klara drückte das Kinn vor. „Ja."

Leo schnaubte. „Warum?"

„Weil er Angst hat."

Leo drehte sich weg, rieb sich über die Stirn. Er hasste das.

„Das ist eine verdammte Falle.“

„Nein.“

„Verdammt, Klara! Warum musst du immer–“

„Weil er der Einzige ist, der mir noch Antworten geben kann!“

Stille.

Leo atmete langsam durch, als würde er sich zwingen, nicht zu explodieren. Dann sah er sie wieder an. Sein Blick war dunkler als je zuvor.

„Wenn du falsch liegst, Klara… dann war das unser letzter Fehler.“

7. Kein Entkommen

7.1. Das Netzwerk der Schatten

Berlin, Charlottenburg – 05:37 Uhr

Die Straßen lagen noch im Halbdunkel der frühen Morgenstunden, nur das fahle Licht der Laternen spiegelte sich in den nassen Pflastersteinen.

Berlin war still. Zu still.

Leo lenkte den Wagen durch die leeren Straßen, die eine Hand am Lenkrad, die andere noch immer auf die blutgetränkte Kompresse an seiner Seite gepresst. Der Schmerz hielt ihn wach.

Klara saß neben ihm, den Blick auf die vorbeiziehenden Häuser gerichtet. Sie spürte, dass etwas nicht stimmte. Es war nicht nur die Kälte, die durch das offene Fenster hereinwehte – es war die Art, wie sich die Luft verändert hatte.

Ihr BND-Kontakt hatte ihnen eine Adresse gegeben. Ein geheimer Unterschlupf, tief in der Unterwelt von Berlin verborgen.

„Dort liegt die Wahrheit."

Doch Wahrheit war ein trügerisches Wort.

Leo brach die Stille.

„Ich hasse das."

Klara drehte den Kopf zu ihm. „Du hasst alles."

Leo knurrte. „Nein. Ich hasse das hier mehr als alles andere. Es ist zu sauber. Zu perfekt."

Klara antwortete nicht. Aber sie wusste, dass er recht hatte. Nichts war je so einfach. Der Wagen rollte langsam aus.

Die Adresse führte sie in einen Hinterhof in Charlottenburg. Ein heruntergekommenes Gebäude, die Fenster mit Brettern vernagelt, Graffiti auf den Wänden. Es sah verlassen aus. Doch Klara wusste, dass es das nicht war.

„Sie haben sich hier versteckt?" fragte Leo skeptisch.

Klara nickte. „Besser als irgendwo, wo es auffällt. Solche Orte existieren im Schatten."

Leo atmete tief durch. „Dann lass uns herausfinden, was noch übrig ist."

Sie stiegen aus, bewegten sich lautlos durch den Hof. Ihre Schritte hallten in der morgendlichen Stille.

Als sie die Tür erreichten, blieb Klara abrupt stehen. Die Tür war offen. Nicht aufgebrochen. Nicht eingetreten. Einfach offen. Wie eine Einladung.

Leo sah sie an. „Das ist eine Falle."

„Ich weiß."

„Gehen wir trotzdem rein?"

Klara zog ihre Waffe. „Natürlich."

Sie betraten das Gebäude. Der Gestank von Blut und Metall lag in der Luft. Es war dunkel, doch das fahle Morgenlicht fiel durch ein zerbrochenes Fenster auf den Boden.

Dann sahen sie sie - drei Männer - Tot.

Einer saß noch auf einem alten Metallstuhl, der Kopf nach hinten gekippt, ein Einschussloch sauber in der Stirn.

Exekution.

Der zweite lag auf dem Boden, die Hände gefesselt, die Kehle durchtrennt.

Der dritte war gegen die Wand gelehnt, seine Augen weit offen, als hätte er den Tod gesehen, bevor er ihn geholt hatte.

Leo trat näher, hockte sich hin. „Das waren Profis."

Klara beugte sich über den Schreibtisch in der Mitte des Raums. Ein Stapel Akten lag dort – aufgeschlagen, aber unberührt. Die Männer hatten bis zum letzten Moment gearbeitet. Dann hatte jemand sie zum Schweigen gebracht.

Für immer.

„Sie haben keine Chance gehabt", murmelte Leo.

Klara zog ein Blatt Papier aus einer der Akten.

Operation Glasauge. Wieder dieser Name. Wie ein Fluch, der sich durch ihre Spur zog.

Dann sah sie es. Auf dem Schreibtisch lag ein altes Diktiergerät. Eingeschaltet.

Sie drückte auf Play. Ein Knacken. Rauschen. Dann eine heisere Stimme:

„Wenn ihr das hört… dann bin ich tot."

Leo und Klara hielten den Atem an.

Die Stimme war brüchig, voller Angst.

„Weber wird euch jagen. Er wird nicht aufhören. Aber es gibt noch einen Weg…"

Ein Zischen. Dann ein Schuss.

Stille.

Dann – eine zweite Stimme.

Ruhig. Präzise. Eiskalt.

„Ihr seid zu spät."

Asarow.

Der Jäger war längst da gewesen.

Klara drückte das Gerät fester in der Hand. Ihr Kopf raste.
Asarow war schneller. Leo trat ans Fenster, sah nach draußen.
Sein Körper versteifte sich.

„Klara."

Sie sah auf.

„Was?"

„Wir sind nicht allein."

Sie trat ans Fenster.

Vier schwarze SUVs rollten in den Hinterhof. Die Türen öffneten sich.

Schwere Stiefel auf Beton.

Schwarze Anzüge. Waffen.

Dann sah sie ihn.

Asarow.

Er stand da, keine zehn Meter entfernt. Sein Blick direkt auf
sie gerichtet. Sein Lächeln kalt.

Leo zog seine Waffe. „Wir haben verdammte fünf Sekunden,
um uns zu entscheiden."

Klara sog die Luft ein.

Sie konnten rennen. Oder sie konnten kämpfen. Aber eines
wussten sie jetzt sicher:

Es gab kein Entkommen mehr.

7.2. Asarows Botschaft

Die Zeit stand still.

Die schwarze Flotte aus SUVs hatte sich lautlos vor dem alten Gebäude aufgestellt, wie eine gut geölte Kriegsmaschinerie. Die Fahrzeugtüren standen offen, Männer mit Sturmhauben und schallgedämpften Waffen postierten sich taktisch um den Eingang herum.

Und mitten unter ihnen: Asarow.

Er stand mit der Ruhe eines Mannes, der bereits gewonnen hatte. Seine Hände in den Taschen seines dunklen Mantels, sein Blick nach oben gerichtet – direkt auf das Fenster, hinter dem Klara und Leo standen.

Er wusste, dass sie ihn sahen. Und er lächelte.

Leo packte Klara am Arm. Sein Griff war fest, aber nicht grob.

„Wir müssen hier raus. Jetzt."

Klara rührte sich nicht.

Ihr Blick war auf Asarow gerichtet. Eiskalt. Ohne Angst.

Dann fiel ihr Blick auf den Schreibtisch. Zwischen den verkohlten Akten, den Blutflecken und dem umgestürzten Stuhl lag etwas. Klein. Glänzend. Eine Kugelhülse.

Klara trat näher, hob sie auf. Etwas war in das Messing geritzt. Sie drehte die Patrone in den Fingern, während ihr Puls unmerklich schneller wurde. Nur drei Worte.

"Du bist die Nächste."

Klara hielt die Hülse zwischen Daumen und Zeigefinger, spürte das kalte Metall auf ihrer Haut. Leo sah es ebenfalls. Seine Miene versteinerte.

„Der Bastard spielt mit uns."

Klara lachte leise. Es war kein humorvolles Lachen.

„Er will, dass ich renne."

Leo sah sie scharf an. „Dann lass uns genau das tun."

Klara schüttelte den Kopf. Ihr Griff um die Kugelhülse wurde fester.

„Nein."

Leo trat näher, seine Stimme wurde drängender. „Klara, er hat uns in der Hand. Er will dich hetzen, dich schwächen. Er wird uns in die Enge treiben, bis wir keine Optionen mehr haben."

Klara drehte sich langsam zu ihm. Ihr Blick war nicht mehr nur entschlossen – er war tödlich.

„Er glaubt, ich werde weglaufen. Er glaubt, ich bin Beute."

Sie ließ die Hülse in ihre Manteltasche gleiten, zog ihre Waffe mit der anderen Hand.

„Aber ich bin der verdammte Jäger."

Unten im Hof bewegte sich Asarow langsam, trat zwischen seinen Männern hindurch, ohne Eile. Er wusste, dass sie alles sehen konnten.

Dann hob er langsam die Hand.

Ein Fingerzeig auf das Gebäude.

Befehl zum Vorrücken.

Die Männer bewegten sich. Lautlos, effizient. Sie trugen Sturmhauben, keine Abzeichen, keine Kennzeichen auf ihren Waffen – Schatten, geschaffen für den Tod.

Leo sah Klara an.

„Verdammt nochmal, Klara. Wenn du jetzt kämpfst, bedeutet das Krieg."

Klara steckte ihr Magazin in die Waffe. Das metallische Klicken hallte durch den Raum.

„Es war schon immer Krieg."

7.3. Nächtliche Konfrontation

Die Luft war schwer von Feuchtigkeit und Schießpulver. Klara spürte, wie ihr Puls sich verlangsamte, als sie sich in die Schatten des Gebäudes drückte. Der Adrenalinschub ließ ihren Körper kribbeln, aber ihr Kopf war kühl. Jetzt gab es kein Zurück mehr.

Unten, auf dem offenen Hinterhof, bewegten sich die Männer von Asarow mit tödlicher Präzision. Keine Hektik, keine Fehler. Sie hatten das Gebäude umstellt, sich taktisch aufgestellt, um eine Flucht unmöglich zu machen. Doch sie hatten nicht damit gerechnet, dass Klara nicht weglaufen würde.

Leo hockte sich neben Klara, seine Waffe mit der Ruhe eines Mannes in der Hand, der wusste, dass er sie gleich benutzen würde. Seine blutgetränkte Jacke klebte an seiner Haut, aber er ignorierte die Schmerzen.

„Hör zu", murmelte er. „Wir haben eine Chance. Nur eine."

Klara schielte auf ihn. „Dann sag mir, dass dein Plan nicht nur aus einem Himmelfahrtskommando besteht."

Leo lächelte schwach. „Kommt drauf an, wie du „Himmelfahrtskommando" definierst."

Sie verdrehte die Augen. Er war verletzt, erschöpft, aber noch immer derselbe zynische Mistkerl.

„Die werden das Gebäude durchsuchen", fuhr Leo fort. „Aber sie rechnen nicht mit einem Gegenangriff."

Klara nickte langsam. Sie mussten aus den Schatten zuschlagen.

„Zwei Minuten", sagte sie leise. „Wir eliminieren so viele wie möglich. Dann trennen wir uns. Ich hole mir Asarow."

Leo sah sie an. Sein Blick war für einen Moment undefinierbar.

Dann nickte er. „Alles klar."

Die Jagd begann.

Die Männer bewegten sich lautlos, ihre Waffen im Anschlag. Ihre Silhouetten waren kaum mehr als Schatten in der Dunkelheit.

Perfekt ausgebildet. Perfekt tödlich.

Doch Klara war schneller.

Sie sprang aus ihrem Versteck – und feuerte.

Zwei Kugeln. Kopf, Brust.

Der erste Mann taumelte rückwärts, fiel mit einem dumpfen Schlag auf den Beton. Kein Schrei. Keine Warnung.

Der zweite wirbelte herum – zu spät. Leo war bereits da.

Ein einzelner Schuss – direkt in die Kehle. Das Würgen, das Blubbern, dann der Aufprall.

Zwei tot.

Doch dann – Stille.

Klara duckte sich hinter eine rostige Mülltonne, lauschte.

Der Feind war noch da. Und sie wussten jetzt, dass sie nicht allein waren.

„Links", murmelte Leo kaum hörbar.

Klara nickte. Sie spähte vorsichtig um die Ecke. Drei weitere Männer. Perfekte Formationshaltung. Keine Hektik. Keine Angst. Einfach Profis.

Sie bewegten sich langsam, zielgerichtet, die Waffen auf Schulterhöhe. Klara wusste, dass sie sich nicht noch einmal überraschen lassen würden. Ein direkter Kampf war Selbstmord. Sie sah zu Leo. Er wusste es auch.

„Wir müssen sie trennen", hauchte sie.

Leo grinste. „Ich liebe es, wenn du mir einen Grund gibst, Dinge explodieren zu lassen."

Leo griff in seine Jackentasche, zog eine kleine, unscheinbare Sprengladung hervor. Selbstgebaut.

Klara hob eine Augenbraue. „Ernsthaft?"

„Halt die Klappe."

Er nahm eine alte Bierflasche, steckte den Sprengsatz hinein, stellte den Zeitzünder auf dreißig Sekunden. Dann rollte er die Flasche lautlos über den Boden – direkt in die Mitte der Gruppe.

Drei Männer.

Drei Sekunden.

Drei Schüsse in die Luft – und dann explodierte die Welt.

Die Detonation war klein, aber ohrenbetäubend in der Enge des Hinterhofs.

Die Druckwelle fegte Staub und Splitter durch die Luft, ein Mann wurde sofort zu Boden geschleudert. Die anderen wurden auseinandergerissen – genau das, was Klara wollte.

Sie sprang aus der Deckung.

Erster Mann – ein sauberer Schuss in die Brust.

Der zweite rang noch mit den Folgen der Explosion – Klara war schneller. Ein Messer blitzte auf, wurde in seine Rippen getrieben.

Blut. Ein letzter Keuchlaut. Dann war es vorbei.

Nur noch einer.

Doch bevor Klara reagieren konnte, bewegte sich etwas hinter ihr. Schnell. Präzise. Gefährlich.

Sie wirbelte herum – doch es war zu spät.

Eine Hand packte ihr Handgelenk. Stark. Hart. Unnachgiebig.

Sie riss sich los, sprang zwei Schritte zurück. Dann erkannte sie ihn.

Asarow.

Die Welt um sie herum verblasste.

Klara hörte Leo irgendwo in der Ferne fluchen, hörte das Echo von Schritten, hörte entfernte Sirenen.

Aber ihr Blick war nur auf ihn gerichtet.

Asarow.

Der Jäger.

Er stand entspannt, als wäre er mit einer alten Bekannten in einer Bar. Seine Kleidung war makellos, kein Schweiß, kein Schmutz, keine Panik. Er zog eine Zigarette hervor, steckte sie sich zwischen die Lippen, zündete sie an. Rauch wirbelte durch die kalte Luft. Dann sprach er.

„Nicht schlecht."

Klara hob langsam die Waffe. Asarow blies den Rauch aus.

„Aber ihr habt keine Ahnung, wie tief das geht."

Klara zuckte nicht. Ihre Finger spannten sich um den Abzug.

„Dann erklär es mir."

Asarow lächelte.

„Oh, das wirst du noch früh genug herausfinden."

Dann – ein Geräusch. Ein Knacken im Funkgerät an seinem Gürtel. Ein Befehl. Asarow hob den Blick, sah Klara noch einmal an.

Dann – Bewegung. Blitzschnell. Ein Schritt nach hinten. Ein Wurf.

Eine Rauchgranate explodierte zwischen ihnen. Grauer Nebel verschluckte ihn.

Klara sprang vor. Nichts. Asarow war verschwunden.

Leo humpelte neben sie. Blut tropfte auf den Boden.

„Sag mir nicht, dass er schon wieder weg ist."

Klara biss die Zähne zusammen, sah sich um. Nichts. Nur die Leichen. Nur Asarows verdammte Worte in ihrem Kopf.

„Ihr habt keine Ahnung, wie tief das geht."

Sie drehte sich langsam zu Leo.

„Das ist noch nicht vorbei."

Er lachte trocken. „Nein, Klara. Das fängt gerade erst an."

7.4. Letzte Zuflucht

Berlin, Wannsee – 06:53 Uhr

Der Morgen war kalt. Ein dünner Nebelschleier lag über dem Wannsee, während das Wasser still und schwarz unter dem dämmernden Himmel lag. Die Luft war frisch, klar – ein scharfer Kontrast zu dem Blut, dem Rauch und der Gewalt, die sie nur wenige Stunden zuvor in den dunklen Straßen Charlottenburgs hinter sich gelassen hatten.

Die Villa lag versteckt zwischen alten Kiefern, das Tor war von Efeu überwachsen. Kein Ort, an dem man nach ihnen suchen würde. Klara kannte das Anwesen. Es hatte einmal einem Mann gehört, der an Dinge geglaubt hatte, die nicht mehr existierten – Loyalität, Ehre, Nationalstaaten. Jetzt gehörte es niemandem. Und für die nächsten Stunden gehörte es ihnen.

Leo parkte den gestohlenen Wagen hinter der Villa, stieg langsam aus. Jeder seiner Bewegungen war ein Kampf gegen die Erschöpfung. Klara folgte ihm, die Waffe noch immer in der Hand. Sie fühlte sich nicht sicher. Nicht hier. Nicht irgendwo.

Sie betraten das Haus. Es war kalt. Kein Strom, kein Feuer, nur alte Möbel und die Spuren eines Lebens, das längst vergangen war. Leo ließ sich auf ein altes Ledersofa fallen, stöhnte, als er sich an die blutgetränkte Seite fasste. Klara beobachtete ihn.

„Du solltest dich hinlegen."

Leo schnaubte. „Wenn ich mich hinlege, schlafe ich ein. Und wenn ich einschlafe, wache ich vielleicht nicht mehr auf."

Klara legte ihre Waffe auf den Tisch, zog die Jacke aus. „Ich kann dich nicht den ganzen Tag babysitten."

Leo grinste müde. „Verlockend, aber nein danke."

Die Stille zwischen ihnen wurde schwer. Klara spürte seinen Blick auf sich. Sie spürte, dass er etwas wusste. Schließlich sprach er.

„Du willst ihn nicht nur aufhalten."

Klara bewegte sich nicht.

Leo lehnte sich nach vorne, seine Stimme war tiefer, müder –
aber messerscharf.

„Du willst ihn töten."

Klara ballte ihre Hände zu Fäusten.

Sie wusste, dass Leo klug war. Aber sie hasste es, wenn er ihre
Gedanken aussprach, bevor sie es selbst konnte.

„Und wenn es so ist?" fragte sie leise.

Leo musterte sie einen Moment lang. Dann lachte er – aber es
war kein echtes Lachen. Es war bitter. Kaputt.

„Dann sind wir genau dort, wo er uns haben will."

Klara sah ihn scharf an. „Was soll das heißen?"

Leo lehnte sich gegen das Sofa, schloss für einen Moment die
Augen.

„Asarow spielt mit dir, Klara. Er will, dass du wütend bist. Er
will, dass du es persönlich nimmst."

„Es ist persönlich."

Leo öffnete die Augen wieder. Sein Blick war hart.

„Ja. Und das macht dich schwach."

Stille.

Klara fühlte, wie sich ihr Magen zusammenzog. Schwach? War
das wirklich so?

„Ich habe ihn gesehen", murmelte Klara.

Leo sah sie fragend an.

„In Charlottenburg. Als er vor mir stand. Ich hatte ihn vor der
Waffe. Ich hätte ihn erschießen können."

Leo wartete.

Klara drehte den Kopf zur Seite, atmete langsam aus.

„Ich habe es nicht getan."

Leo sagte nichts.

„Ich hätte abdrücken sollen", flüsterte sie. „Ich hätte ihn töten sollen."

Leo musterte sie lange, dann lehnte er sich wieder zurück.

„Und warum hast du es nicht?"

Klara schloss die Augen.

Weil er mich haben wollte. Weil er mich getestet hat.

Weil er wusste, dass ich es nicht tun würde.

Doch das sagte sie nicht.

Leo stand langsam auf.

„Ich hole mir was zu trinken."

Klara beobachtete ihn, als er zur Küche humpelte. Sein Gang war langsam, schmerzhaft. Er war verletzt. Erschöpft. Und doch wusste sie, dass er niemals aufgeben würde.

Nicht so lange sie lebten.

Sie wusste, dass sie ihm vertrauen musste. Und doch... tat sie es nicht vollständig.

Nicht wirklich. Nicht mehr.

Denn tief in ihrem Inneren wusste sie:

Leo war nicht nur ihr Verbündeter. Er war auch der einzige Mensch, der sie aufhalten konnte.

8. Die Wahrheit stirbt zuletzt

8.1. Von Bergen spricht

Die Halle war still.

Kein Wind, kein Geräusch außer dem leisen Tropfen von Wasser, das irgendwo durch das undichte Dach sickerte. Der Boden war staubig, die Luft stickig. Ein Ort, an den niemand freiwillig kam. Ein Ort, an dem sich die Wahrheit verstecken konnte – oder sterben würde.

Klara stand im Schatten einer alten Metallstrebe, die Waffe in ihrer Jacke verborgen. Leo lehnte an einer Säule, sein Gesicht hart, sein Hemd noch immer mit getrocknetem Blut getränkt. Die Wunde an seiner Seite war provisorisch versorgt, aber der Schmerz war noch da.

Sie warteten.

Und dann – Motorengeräusche.

Eine schwarze Limousine rollte durch die verrosteten Tore und hielt mitten in der Halle. Die Tür öffnete sich langsam, mit einer bedachten Eleganz, die nur ein Mann wie Karl-Heinz von Bergen besaß. Er stieg aus, als gehöre ihm dieser Ort.

Sein Mantel fiel perfekt über seine Schultern, kein Staub, keine Hektik. Ein Mann, der sich niemals hetzen ließ – nicht einmal von seinem eigenen Untergang. Sein Blick wanderte durch die Halle, er sog die Atmosphäre ein, dann setzte er ein müdes Lächeln auf.

„Ich hatte erwartet, dass Sie mich früher finden würden."

Klara trat aus den Schatten, die Waffe noch nicht gezogen. Sie wollte ihn erst reden lassen. Leo blieb dort, wo er war – wachsam, angespannt, bereit, wenn es nötig wurde.

Von Bergen betrachtete sie mit der Gelassenheit eines Mannes, der schon viel zu oft in die Dunkelheit geblickt hatte.

„Wollen Sie mich töten, Fräulein Voigt?" fragte er, als wäre es eine beiläufige Konversation über das Wetter.

Klara schüttelte den Kopf. „Noch nicht."

Von Bergen nickte langsam. „Weise Entscheidung."

Er trat weiter in die Halle, sein Blick glitt über die alten Maschinen, das verrottete Dach, die Ruinen der Vergangenheit.

„Was wollen Sie hören?" fragte er schließlich. „Die Wahrheit?"

Klara hob das Kinn. „Ich will wissen, warum ich sterben sollte."

Von Bergen musterte sie. Dann lachte er leise. „Oh, Fräulein Voigt. Sie haben es immer noch nicht verstanden."

Er steckte die Hände in die Taschen seines Mantels und sah ihr direkt in die Augen.

„Es ging nie nur um Sie."

Leo trat einen Schritt näher.

„Dann erklären Sie es uns. Sie schulden uns das."

Von Bergen hob eine Augenbraue. „Schulden? Ich schulde Ihnen gar nichts, Herr Hartmann."

Er ließ seinen Blick über die rostige Halle schweifen, als wäre er nicht derjenige, der in die Falle gegangen war – sondern sie. Dann seufzte er.

„Es gibt keinen Feind, Fräulein Voigt. Keinen einzelnen Verräter. Keine Marionette, die Sie töten können, um dieses Spiel zu beenden."

Er machte eine bedeutungsvolle Pause.

„Denn das hier ist kein Spiel. Es ist eine Struktur. Ein System."

Leo lachte trocken. „Das klingt nach einem Haufen philosophischen Bullshit."

Von Bergen schüttelte langsam den Kopf. „Nein. Es ist die Wahrheit."

Dann beugte er sich leicht vor, seine Stimme wurde tiefer.

„Ich bin nur ein kleiner Teil davon. Ein Zahnrad in einem viel größeren Mechanismus. Und dieser Mechanismus dreht sich weiter, egal, wie viele von uns fallen."

Klara sah ihn an. Und sie wusste, dass er die Wahrheit sagte. Doch bevor sie ihn weiter befragen konnte, geschah es.

Ein leises, kaum hörbares Klicken.

Klara spürte es einen Sekundenbruchteil vorher. Ein Instinkt. Doch da war es schon zu spät. Der Schuss krachte durch die Halle. Ein dumpfer Einschlag.

Von Bergen riss die Augen auf – als hätte er es nicht erwartet. Dann sackte er langsam in sich zusammen. Eine perfekte Kugel – direkt in die Stirn.

Das Echo des Schusses verhallte, Staub tanzte durch die Luft. Von Bergen lag am Boden, das Leben in seinen Augen bereits erloschen.

Leo warf sich hinter eine Säule. „ACHTUNG! SCHÜTZE!"

Klara duckte sich instinktiv, ihre Waffe im Anschlag. Ihr Blick flog nach oben – wo? Wo war er?

Aber sie wusste es bereits.

Asarow.

8.2. Der Mann hinter dem Schatten

Belgrad – Eine Spur aus Blut und Verrat

Die Stadt war anders als Berlin oder Prag. Wilder. Härter. Rauer.

Die Straßen von Belgrad waren ein chaotischer Mix aus sozialistischer Vergangenheit und kapitalistischem Neuanfang. Neonlichter flackerten über engen Gassen, wo alte Lada-Modelle neben glänzenden Mercedes parkten. Es war eine Stadt der Widersprüche – perfekt für Männer wie Anton Zoric.

Zoric, der Name, der sich durch die Schatten des Kalten Krieges zog wie eine Klinge.

Zoric, der Mann, der nicht verschwunden war, sondern nur tief genug untergetaucht, dass die Welt ihn vergessen hatte.

Doch jetzt hatten Klara und Leo seinen Namen. Und sie würden ihn nicht mehr vergessen lassen.

Die kleine, verbeulte Limousine, die sie in Sofia für einen Stapel Bargeld gekauft hatten, rollte langsam durch den Bezirk Zemun – eine der ältesten Gegenden Belgrads. Enge Straßen, bröckelnde Fassaden, ein Hauch von Vergangenheit, der über dem Kopfsteinpflaster lag.

Leo war angespannt. Er hasste es, blind in unbekanntes Territorium zu fahren.

„Ich kann nicht fassen, dass wir nach Serbien geflogen sind, um einem toten Mann hinterherzujagen", murmelte er und trommelte mit den Fingern aufs Lenkrad.

Klara sah ihn aus dem Augenwinkel an.

„Zoric ist nicht tot."

„Dann ist er verdammt gut darin, sich tot zu stellen."

Sie zuckte mit den Schultern. „Wir werden es herausfinden."

Leo schnaubte. Er hatte einen schlechten Geschmack im Mund. Sie hatten einen Namen. Und in Belgrad bedeutete ein Name alles. Klara wusste, dass sie keine digitalen Spuren hinterlassen durften – also gingen sie altmodisch vor. Sie fragten herum. Erst vorsichtig, dann direkter. In Cafés, in schmierigen Hinterzimmern, in halb legalen Spielhallen.

Und irgendwann kam die erste Reaktion.

Ein Zucken in den Augen eines Mannes. Ein Sekundenbruchteil des Zögerns. Zoric war nicht vergessen. Doch diejenigen, die seinen Namen kannten, sprachen nicht gern über ihn. Bis sie auf Dragan Milović trafen.

Er war groß, bullig, mit einer Glatze, die glänzte wie polierter Stahl. Seine Augen hatten die Farbe von dunklem Kaffee – und genau so viel Wärme.

Er saß in einem Hinterzimmer einer Bar, als Klara und Leo sich ihm gegenübersetzten. Sein Blick wanderte langsam von Klara zu Leo. Dann lachte er leise.

„Ihr habt Eier, das muss ich euch lassen."

Klara lehnte sich vor. „Wir suchen Zoric."

Dragan nahm einen Schluck Rakija, leckte sich über die Lippen und schüttelte dann langsam den Kopf.

„Zoric sucht man nicht. Er findet dich."

Leo verschränkte die Arme. „Dann hilf uns, gefunden zu werden."

Dragan musterte sie lange. Dann grinste er. Aber es war kein freundliches Grinsen.

„Ich könnte euch helfen", sagte er langsam. „Aber die Frage ist: Warum sollte ich?"

Klara wusste, dass es immer einen Preis gab.

„Sag, was du willst", sagte sie ruhig.

Dragan schnalzte mit der Zunge. „So direkt? Keine Spielchen?"

„Wir haben keine Zeit für Spielchen."

Er betrachtete sie für einen Moment, als würde er abwägen, wie viel sie ihm wert war. Dann lehnte er sich vor.

„Der Preis ist: Ein Problem muss gelöst werden."

Leo verdrehte die Augen. Natürlich.

„Welches Problem?" fragte Klara.

Dragan lächelte. „Es gibt da einen Mann. Nennt sich Stefan Marković. Er schuldet mir Geld. Viel Geld."

Leo kniff die Augen zusammen. „Und du willst, dass wir ihn umlegen?"

Dragan lachte. „So schnell schießen die Deutschen? Nein, nein. Ich will nur, dass er verschwindet. Dass er nie wieder nach Belgrad zurückkehrt."

Klara überlegte kurz. Dann nickte sie.

„Wo finden wir ihn?"

Es dauerte nur eine Stunde, um Marković zu finden.

Ein billiges Hotel, drei Straßen entfernt von einem Nachtclub, der mehr für illegale Geschäfte als für Musik bekannt war.

Leo schüttelte den Kopf, als sie den Korridor hinuntergingen. Er hasste es, für Informationen zu arbeiten.

„Das ist nicht unser verdammter Job."

Klara antwortete nicht. Es gab keinen anderen Weg. Sie erreichten die Tür.

„Machst du das auf die harte oder die sehr harte Tour?" fragte Leo.

Klara trat die Tür ein. Marković war zu langsam. Viel zu langsam. Innerhalb von Sekunden lag er am Boden, die Pistole an seiner Stirn.

„Dragan will dich nicht mehr hier sehen", sagte Klara kühl. „Du hast eine Stunde, um aus der Stadt zu verschwinden."

Marković stammelte, nickte hektisch. Er wusste, dass sie es ernst meinten. Dann rannten sie los. Problem gelöst.

Dragan hielt sein Wort.

„Zoric ist nicht hier", sagte er. „Er war in Belgrad – aber er hat Serbien längst verlassen."

Leo sah ihn ungläubig an. „Und wo zum Teufel ist er dann?"

Dragan lehnte sich zurück, nippte an seinem Glas.

„Er hat sein sicheres Haus in Prag."

Stille. Klara und Leo tauschten Blicke aus.

„Sicheres Haus?" wiederholte Klara langsam.

Dragan grinste. „Hochsicherheitsbunker wäre die bessere Bezeichnung."

Leo stieß einen Fluch aus.

„Ihr werdet ihn dort nicht einfach rausholen", sagte Dragan. „Aber ihr werdet ihn auch nicht ewig dort lassen können."

Klara nickte langsam. Sie hatte bereits einen Plan.

Dragan schüttelte den Kopf. „Ihr seid entweder verdammt mutig oder verdammt dumm."

Leo lächelte schief. „Beides."

8.3. In die Höhle des Löwen

Prag war eine Stadt, die sich nicht auf den ersten Blick offenbarte.

Sie war eine wunderschöne, alte Metropole, eine Mischung aus Gotik, Barock und sozialistischem Grau. Doch unter den gepflasterten Straßen, den Touristenmassen und den goldenen Kuppeln verbarg sich eine andere Welt.

Eine Welt der Schatten.

Hier, in einer der wohlhabendsten Gegenden der Stadt, hatte sich Anton Zoric verschanzt. Er hatte keine Angst. Er hatte keine Eile. Er war ein Mann, der wusste, dass er unangreifbar war. Aber Klara und Leo hatten nicht vor, ihn einfach sitzen zu lassen. Das Anwesen war mehr als nur ein Haus. Es war eine verdammte Festung. Hinter hohen Mauern verborgen, mit privaten Sicherheitskräften bewacht, ausgestattet mit modernster Überwachungstechnologie. Es war nicht einfach ein Versteck – es war der persönliche Palast eines Mannes, der keine Fehler machte. Leo betrachtete das Gebäude durch ein Fernglas, sein Gesicht angespannt.

„Ich hasse es, wenn ich Recht habe", murmelte er.

Klara stand neben ihm, die Arme verschränkt. Auch ohne die Kameras, die Wachen und die verstärkten Tore wusste sie: Es gab keinen einfachen Weg hinein.

„Direkter Angriff ist Selbstmord", sagte Leo.

Klara nickte langsam. Sie musste sich etwas anderes überlegen. Sie zogen sich zurück in ein verlassenes Lagerhaus in der Nähe. Eine improvisierte Einsatzzentrale, wenn man es so nennen wollte – Karten, Waffen, Pläne. Aber keine perfekte Lösung.

Leo warf eine Akte auf den Tisch.

„Okay. Wir wissen, dass Zoric das Gebäude kaum verlässt. Wir wissen, dass seine Sicherheitsleute nicht einmal scheißen gehen, ohne dass eine Kamera sie dabei filmt. Wir brauchen einen anderen Zugang."

Klara sah auf den Grundriss des Gebäudes. Jedes Fenster war mit Panzerglas gesichert. Jede Tür war ein verdammtes Rätsel mit Alarm.

Dann fiel ihr Blick auf etwas. Ein unterirdischer Tunnel.

Leo folgte ihrem Blick.

„Oh nein. Nein, nein, nein. Ich kenne diesen Blick.

Klara deutete auf den Punkt. „Es gibt alte Versorgungstunnel unter Prag. Die meisten sind versiegelt, aber manche werden noch genutzt."

Leo massierte sich die Schläfen. „Natürlich. Warum sollte es auch einen einfachen Weg geben?

Klara beugte sich über die Karte.

„Wir kommen nicht rein – aber vielleicht kann jemand anderes uns reinbringen."

„Wir brauchen Ilja."

Leo sah sie an, als hätte sie den Verstand verloren.

„Wir brauchen WEN?"

Klara seufzte. „Er kennt Prag. Er kennt das Netzwerk."

Leo schüttelte den Kopf. „Er ist ein gottverdammter Verräter."

„Er ist unsere einzige Chance."

Leo trat vom Tisch weg, fuhr sich mit der Hand durchs Gesicht. „Wir haben ihn in Berlin schon gebraucht. Jetzt wieder? Klara, das ist Wahnsinn."

„Vielleicht. Aber er ist der Einzige, der uns lebendig da reinbringen kann."

Stille. Leo knirschte mit den Zähnen. Er wusste, dass sie recht hatte.

8.4. Ein unmöglicher Plan

Die Straßen waren nass vom Regen der letzten Nacht. Prag wirkte ruhig, fast friedlich – doch unter dieser Oberfläche brodelte etwas. Eine Spannung, die nur jene wahrnehmen konnten, die wussten, dass sie gejagt wurden.

Klara und Leo saßen in einer verlassenen Lagerhalle, mitten zwischen alten Kisten und rostigen Maschinen. Es war ihr vorläufiges Hauptquartier – ein Zufluchtsort, bevor sie etwas versuchten, das beinahe unmöglich war. Vor ihnen auf dem Tisch lagen Karten, Pläne, alte Dokumente. Alles, was sie über Zorics Festung in Erfahrung bringen konnten. Leo trommelte mit den Fingern auf den Tisch. Ein nervöses, unbewusstes Zeichen dafür, dass er wusste, wie verdammt schlecht ihre Chancen standen.

„Okay", sagte er schließlich. „Lass uns das durchgehen. Noch mal."

„Option eins: Der Haupteingang."

Klara schüttelte sofort den Kopf. „Keine Chance. Da kommen wir nicht mal in die Nähe, ohne dass seine Leute uns vorher umlegen."

„Gut. Option zwei: Fenster oder Dach."

„Panzerglas. Sensoren. Und wenn wir versuchen, aufs Dach zu kommen, erwischen uns seine Scharfschützen."

Leo seufzte. „Super. Dann bleibt Option drei. Die Tunnel."

Er sah Klara an.

„Und dafür brauchen wir Ilja."

Er hasste es, das auszusprechen.

Klara nickte langsam.

„Ja."

Leo rieb sich über die Stirn. „Dieser Mistkerl wird uns verraten, sobald er die Gelegenheit hat."

„Vielleicht."

Leo starrte sie an. „Vielleicht?"

Klara zuckte mit den Schultern. „Aber er ist die einzige Möglichkeit, die wir haben."

Sie fanden ihn in einer heruntergekommenen Bar, mitten in einem Industriegebiet außerhalb von Prag. Die Kneipe war klein, stickig, voller billigen Alkohols und der leichten Spannung, die immer dort herrschte, wo Männer mit zu vielen Geheimnissen und zu wenigen Gewissenstrieben tranken. Ilja saß an einem Ecktisch, eine halb geleerte Flasche Rakija vor sich, eine Zigarette in der Hand. Er lächelte, als sie eintraten. Ein Raubtiergrinsen.

„Na, na, na... was für eine Überraschung."

Er sah zwischen den beiden hin und her.

„Ihr seht aus, als hättet ihr Probleme."

Leo ballte die Fäuste. „Noch nicht. Aber wenn du nicht mitspielst, kriegen wir welche."

Ilja lachte leise, nahm einen Schluck aus seinem Glas.

„Ich mag es, wenn ihr mich so dringend braucht."

Klara setzte sich. Direkt. Unnachgiebig.

„Du kennst die Tunnel."

Ilja nahm einen tiefen Zug von seiner Zigarette. „Vielleicht."

„Wir brauchen einen Zugang."

Ilja lehnte sich zurück. Sein Blick war interessiert – aber nicht überzeugt.

„Und was bekomme ich dafür?"

Leo rollte mit den Augen. Natürlich.

„Hör zu, du verdammter Mistkerl", knurrte er. „Wir könnten dir auch einfach eine Kugel in den Kopf jagen und uns einen anderen Weg suchen."

Ilja grinste. „Das könntet ihr. Aber dann würdet ihr sterben, bevor ihr überhaupt in die Nähe von Zoric kommt."

Stille.

Dann seufzte Klara. „Also gut. Was willst du?"

Ilja zog noch einmal an seiner Zigarette. Dann lehnte er sich vor.

„Ich will, dass ihr mich nach der Sache mitnehmt."

Leo blinzelte. „Wohin?"

„Weg von hier." Ilja tippte mit dem Finger auf den Tisch. „Ihr habt keine Ahnung, wie tief Zoric vernetzt ist. Wenn ihr ihn erledigt, wird Prag für mich nicht mehr sicher sein."

Er ließ eine Pause entstehen.

Dann sah er Klara an. „Ich will raus aus Europa. Und ihr bringt mich raus."

Leo warf Klara einen Blick zu. Er hasste es. Sie wusste, dass er es hasste. Aber sie wusste auch, dass sie keine Wahl hatten. Langsam nickte sie.

„Einverstanden."

Ilja grinste. „Dann habt ihr einen Tunnel."

Ilja zog eine alte Karte hervor, legte sie auf den Tisch und strich mit dem Finger eine rote Linie nach.

„Diese Tunnel wurden während der Nazi-Besatzung gebaut. Ursprünglich als Luftschutzbunker, später von der Stasi genutzt."

Leo schnaubte. „Natürlich. Warum auch nicht."

Ilja fuhr fort:

„Das Problem ist, dass die meisten Eingänge versiegelt wurden. Aber ich kenne einen, der noch offen ist. Ein altes Kanalsystem, das direkt unter Zorics Festung führt."

Er tippte auf einen Punkt.

„Hier ist ein stillgelegter Wartungsschacht. Wenn wir da rein können, führt er uns direkt in das Kellergewölbe unter dem Gebäude."

Klara musterte die Karte. „Was ist die Schwachstelle?"

Ilja schmunzelte. „Die Schwachstelle ist, dass das Ding alt ist. Teile könnten eingestürzt sein. Es könnte tödliche Gasansammlungen geben. Und dann gibt es natürlich noch Zorics eigene Sicherheitsmaßnahmen."

Leo stieß einen Fluch aus. „Perfekt."

Klara überflog die Route.

„Wie lange brauchen wir, um durchzukommen?"

Ilja zuckte die Schultern. „Wenn nichts schiefgeht? Zwei Stunden."

Leo lachte trocken. „Etwas geht immer schief."

Ilja grinste. „Dann besser beten, dass es nicht zu viel ist."

Klara lehnte sich zurück. Sie wusste, dass das hier ihr einziger Schuss war. Wenn sie es vermasselten, würde es keinen zweiten Versuch geben. Leo starrte auf die Karte, dann auf Ilja.

„Ich vertraue dir kein Stück."

Ilja grinste nur. „Dann sind wir uns ja einig."

Klara sah die beiden an. Genug. Sie stand auf, nahm ihre Waffe vom Tisch und überprüfte das Magazin.

„Wir machen es heute Nacht."

Ilja hob ein Glas. „Ich liebe es, wenn eine Frau Befehle gibt."

Leo packte seine Sachen zusammen. „Wenn du uns hintergehst, bringe ich dich als Erster um."

Ilja lachte. „Das sagen sie alle."

9. Sturm auf die Villa

9.1. Eindringen in die Festung

Die Nacht war kalt, und der Himmel über Prag war wolkenlos. Ein schmaler Mond hing über der Stadt, sein Licht reflektierte auf der Moldau, während die Straßen weit entfernt noch voller Leben waren. Aber hier, im Westen der Stadt, war es totenstill.

Hier lag das Herz der Dunkelheit. Anton Zorics Festung erhob sich hinter hohen Mauern, gesichert mit modernster Technologie, bewacht von Männern, die nichts anderes kannten als Gehorsam und Gewalt. Er wusste, dass jemand kommen würde. Und er hatte sich darauf vorbereitet.

Doch auch Klara war vorbereitet. Und sie hatte nur eine einzige Chance. Klara, Leo und Ilja hockten in einem alten Wartungstunnel, keine fünfhundert Meter vom Ziel entfernt. Die feuchten Wände stanken nach Rost und Moder, Wasser tropfte durch alte Rohre, und die stickige Luft machte das Atmen schwer.

Leo überprüfte sein Magazin. „Das ist Wahnsinn."

Klara zog eine Karte aus ihrer Jackentasche, strich mit dem Finger über die eingezeichneten Pfade. Der Tunnel würde sie direkt unter das Gebäude führen – wenn keine Überraschungen auf sie warteten.

Ilja grinste. „Alles ist Wahnsinn, bis es funktioniert."

Leo warf ihm einen finsteren Blick zu. „Ich hoffe für dich, dass das funktioniert. Sonst bist du der Erste, der stirbt."

Ilja zuckte mit den Schultern. „Ach Leo, ich wette, du würdest mich trotzdem vermissen."

Klara schnitt die Diskussion mit einem Blick ab.

„Wir gehen rein. Jetzt."

Der Tunnel war eng, schmutzig, voller Ratten und rostiger Metallstreben. Sie bewegten sich langsam, jedes Geräusch hallte bedrohlich in der Dunkelheit wider. Sie hatten nur eine Chance, lautlos zu bleiben. Nach zwanzig Minuten kamen sie an eine alte Metalltür. Dahinter lag das Kellergewölbe der Villa – der einzige Zugang, den sie hatten.

Ilja griff nach dem Griff, doch Klara packte sein Handgelenk.

„Warte."

Leo hob seine Waffe. „Was?"

Klara beugte sich näher zur Tür. Es war eine Falle. Ein schwaches, kaum sichtbares rotes Licht am Türrahmen. Ein Alarm.

Leo fluchte leise. „Er weiß, dass jemand hier reinkommt."

Klara atmete tief durch. „Gut."

Leo starrte sie an. „Gut?"

Sie zog eine kleine Sprengladung aus ihrer Jackentasche. „Dann geben wir ihm einen Grund, uns zu unterschätzen."

Sie platzierten den Sprengsatz am Rand der Tür, weit genug entfernt, um keinen strukturellen Schaden anzurichten – aber nah genug, um ein ordentliches Chaos auszulösen.

Ilja grinste.

„Ich mag dich, Klara."

„Halts Maul, Ilja."

Sie zündete den Timer – zwanzig Sekunden.

Dann rannten sie zurück in einen Nebenstollen, drückten sich in die Wände.

Drei. Zwei. Eins.

BOOM.

Die Explosion ließ die Erde erbeben, Staub rieselte von der Decke. Ein dumpfer Knall hallte durch die Tunnel.

Und dann – Stimmen. Schritte. Sie hatten angebissen.

Während Zorics Männer zum Explosionsort eilten, öffnete Ilja eine zweite Tür – verborgen hinter alten Metallrohren.

Leo blinzelte. „Was zur Hölle...?"

Ilja grinste, während er mit einer Hand auf den versteckten Eingang deutete. „Ihr denkt doch nicht, dass ich euch direkt in eine Falle laufen lasse?"

Klara warf ihm einen misstrauischen Blick zu. Hatte er das die ganze Zeit gewusst? Sie sagten nichts mehr. Keine Zeit. Sie glitten durch die schmale Öffnung, krochen durch einen weiteren Versorgungstunnel – und erreichten das wahre Ziel. Eine Wartungsleiter führte nach oben. Direkt in das Kellergeschoss der Festung.

Leo zog seine Waffe. „Jetzt gibt es kein Zurück mehr."

Klara setzte den Fuß auf die erste Sprosse der Leiter.

„Dann lass es uns beenden."

9.2. Asarows letzter Kampf

Die Luft im Keller war stickig und alt, als hätte sie Jahrzehnte ohne Bewegung in den Mauern gehangen. Es roch nach kaltem Stein, nach Metall, nach dem leichten Hauch von Öl – und nach Blut. Klara zog die Waffe enger an ihre Brust, während sie sich vorsichtig durch den engen Gang bewegte. Jeder Schritt hallte dumpf auf dem feuchten Boden wider.

Hinter ihr folgten Leo und Ilja, ihre Bewegungen lautlos, ihre Blicke wachsam. Sie hatten sich durch das Tunnelsystem in die untersten Räume von Zorics Festung geschlichen – doch sie waren nicht unbemerkt geblieben. Denn Asarow wartete bereits auf sie. Sie erreichten eine schwere Stahltür. Alt. Rostig. Doch verstärkt. Klara spürte es in jeder Faser ihres Körpers. Hinter dieser Tür lauerte etwas. Leo sah sie an. Er spürte es auch.

„Das ist eine verdammte Falle."

Klara nickte. „Ich weiß."

Ilja sah sich um. „Vielleicht gibt es einen anderen Weg."

Klara ignorierte ihn. „Wir gehen rein."

Leo knirschte mit den Zähnen. „Natürlich tun wir das."

Klara packte den Türgriff – und dann geschah alles gleichzeitig.

Ein harter Tritt von der anderen Seite riss die Tür aus ihren Angeln. Sie schleuderte mit brutaler Wucht gegen Klara und warf sie zu Boden. Schwarze Stiefel betraten den Raum. Groß. Breit. Kalt.

Asarow.

Er stand vor ihnen, die schweren Muskeln unter seinem schwarzen Mantel angespannt. In seinen eisblauen Augen lag keine Wut – nur die Kälte eines Mannes, der nichts fühlte. Seine Stimme war ruhig.

„Ihr habt es weit geschafft."

Klara rappelte sich hoch, ihr Kopf pochte von dem Aufprall.

„Nicht weit genug", murmelte sie.

Asarow schüttelte langsam den Kopf. „Nein. Nicht weit genug."

Sein Blick wanderte über Leo und Ilja.

„Ihr beide – raus.

Leo spannte sich an. „Vergiss es."

Asarow zog eine Pistole, richtete sie nicht auf Klara – sondern auf Leo.

„Du kannst bleiben. Aber dann stirbst du zuerst."

Klara atmete langsam aus. Sie wusste, was das hier war. Es war ihr Kampf.

„Geht", sagte Klara leise.

Leo starrte sie an. „Das ist Wahnsinn."

„Ich weiß."

Er wollte protestieren – doch sie kannte ihn zu gut. Er wusste, dass sie ihre Entscheidung bereits getroffen hatte.

Leo ballte die Fäuste, dann packte er Ilja am Arm. „Wir warten oben."

Sie verschwanden durch die Tür. Jetzt waren nur noch zwei übrig. Asarow. Und Klara.

Asarow betrachtete sie für einen Moment, dann warf er seine Pistole mit einer beiläufigen Bewegung auf den Boden.

„Ich brauche keine Kugeln für dich."

Klara riss ihr Messer aus der Halterung an ihrem Oberschenkel. „Dann stirb gefälligst leise."

Er lächelte. „Komm und versuch's."

Dann ging er auf sie los. Schnell. Brutal. Ein Schatten aus Muskeln und Präzision.

Klara duckte sich unter dem ersten Angriff, wich knapp einem Schwinger aus, der genug Kraft hatte, um ihr den Schädel zu spalten. Sie tauchte unter ihm hindurch, rammte das Messer nach oben – doch Asarow fing ihr Handgelenk mit unmenschlicher Geschwindigkeit ab.

Sein Griff war wie Eisen. Dann kam der Schmerz.

Er trat ihr mit voller Wucht in den Magen. Sie wurde zurückgeschleudert, krachte gegen eine Wand, spürte den stechenden Schmerz in ihren Rippen. Asarow ließ ihr keine Zeit. Er war über ihr, sein Ellbogen raste in ihren Kopf – doch sie rollte weg.

Sie spürte, wie das Adrenalin sie wachhielt. Wie ihr Instinkt übernahm. Sie war nicht so stark wie er. Aber sie war schneller.

Klara sprang hoch, trat gegen seine Kniescheibe, nutzte die Sekunden, in denen er aus dem Gleichgewicht kam. Sie drehte sich mit einer fließenden Bewegung und schlitzte mit dem Messer durch seine Seite.

Blut spritzte. Asarow knurrte leise. Nicht vor Schmerz – sondern vor Wut. Er schnappte nach ihrem Arm, doch sie riss sich los.

„Nicht schlecht", sagte er, seine Stimme nur ein wenig schwerer.

„Halt die Fresse", zischte Klara.

Sie umrundeten sich wie Raubtiere. Blut tropfte auf den Boden. Der Kampf hatte gerade erst begonnen.

Der Moment kam schneller, als sie erwartet hatte. Asarow griff erneut an, diesmal schneller, brutaler. Er packte sie am Hals, drückte sie gegen die Wand, sein Gewicht überwältigend. Klara spürte, wie ihr die Luft wegblieb. Sie hatte Sekunden, vielleicht weniger.

Doch Asarow hatte einen Fehler gemacht. Er hatte beide Hände an ihrem Hals. Und sie hatte ein Messer. Mit aller Kraft rammte sie die Klinge in seine Seite.

Ein. Zweimal. Dreimal.

Asarow riss sich los, taumelte zurück. Blut quoll aus der Wunde, dunkle Flecken breiteten sich über seinen Mantel aus. Er versuchte, sie noch einmal zu erreichen – doch seine Knie gaben nach. Er fiel schwer auf den Boden, schnappte nach Luft. Klara stand über ihm, keuchend, ihr Körper schmerzte.

Seine Augen – zum ersten Mal war da etwas anderes als Kälte.

Vielleicht Überraschung. Vielleicht Respekt. Dann flackerte sein Blick.

Und er war tot.

Klara stand noch einen Moment da, das Messer in der Hand, ihr Herz raste.

Es war vorbei.

Sie beugte sich hinunter, wischte das Blut von der Klinge am Mantel des Mannes, den sie gerade getötet hatte. Dann drehte sie sich zur Tür.

Leo stand da. Er sprach nicht – doch sein Blick sagte alles.

Sie waren noch nicht fertig.

Klara straffte die Schultern. Zoric wartete.

9.3. Das dunkle Geheimnis

Das Büro von Anton Zoric war nichts, was man in einer Hochsicherheitsvilla erwartete. Kein überladenes Prunkstück, keine goldenen Dekorationen oder überflüssige Exzesse.

Es war minimalistisch. Funktional. Kalt.

Ein großer Mahagonitisch stand in der Mitte, umgeben von mehreren Bildschirmen, die mit Echtzeitinformationen gefüllt waren – Börsenkurse, Nachrichten, Sicherheitsfeeds.

Ein Raum, in dem ein Mann saß, der nicht im Chaos lebte, sondern es erschuf. Und genau hier endete Klaras Suche.

Er saß hinter seinem Schreibtisch, die Hände locker übereinandergelegt. Keine Spur von Panik. Keine Hektik. Sein Blick glitt langsam über Klara, Leo und Ilja, als hätte er erwartet, dass genau diese drei ihn finden würden.

Dann lehnte er sich leicht vor.

„Ihr seid schneller als ich dachte."

Klara hob ihre Waffe. „Steh auf."

Zoric bewegte sich nicht. Stattdessen deutete er auf einen der Stühle vor seinem Schreibtisch.

„Setzt euch."

Leo schnaubte. „Meinst du das ernst?"

Zoric lächelte leicht. „Wenn ihr mich töten wollt, tut es doch einfach. Oder seid ihr vielleicht doch neugierig?"

Klara kniff die Augen zusammen. Er spielte ein Spiel. Und verdammt, sie wusste, dass sie nicht anders konnte, als mitzuspielen. Langsam setzte sie sich. Leo fluchte, tat es ihr aber nach. Ilja blieb stehen, sein Blick misstrauisch auf den Mann gerichtet, der sein eigenes Todesurteil unterschrieben hatte. Zoric musterte sie, sein Blick kühl, aber nicht ohne eine gewisse Belustigung.

„Euch ist klar, dass ihr nichts verändert habt, oder?"

Klara ließ die Waffe nicht sinken.

„Rede!"

Zoric lehnte sich entspannt zurück. „Ihr habt es immer noch nicht verstanden, oder? Das hier ist kein persönliches Spiel. Es geht nicht um euch."

Leo ballte die Fäuste. „Dann erklär es uns."

Zoric ließ eine bedeutungsvolle Pause entstehen. Dann lächelte er kühl.

„Europa ist schwach."

Klara sagte nichts. Sie ließ ihn reden.

„Eure Regierungen kämpfen mit Bürokratie. Sie verfallen in Lethargie, während andere Mächte wachsen. Und das Schlimmste? Sie glauben immer noch an Stabilität. An Frieden."

Seine Stimme wurde tiefer.

„Aber Frieden ist eine Illusion. Und Illusionen müssen zerstört werden."

Leo lachte kalt. „Und wie genau wolltest du das anstellen? Mit ein paar Schießereien?"

Zoric schüttelte den Kopf.

„Nein. Mit Chaos."

Er deutete auf einen der Monitore. Dort liefen Zahlenkolonnen, Netzwerkanalysen, digitale Angriffsprotokolle. Cyberkrieg.

Klara spürte, wie ihr Magen sich verkrampfte. Verdammt. Zoric beobachtete sie genau. Er wusste, dass sie es jetzt verstanden hatte.

„Ihr dachtet, der Austausch sei das Ziel gewesen? Nein. Er sollte von Anfang an scheitern. Das war der erste Dominostein."

Leo funkelte ihn an. „Wofür? Ein toter BND-Agent bringt keine Revolution."

Zoric lächelte. „Natürlich nicht. Aber er bringt Misstrauen. Und Misstrauen bringt Fehler. Fehler bringen Krieg."

Klara legte langsam die Puzzlestücke zusammen. „Also ging es nie nur um den Austausch..."

Zoric nickte. „Es ging um den Bruch der Systeme. Um das Auslösen einer Kettenreaktion. Der Cyberangriff auf deutsche Regierungsnetzwerke, den ihr in zwei Tagen in den Nachrichten sehen werdet? Das ist nur der Anfang."

Stille.

Ilja flüsterte: „Verdammte Scheiße."

Leo zog seine Waffe. „Du wirst es nicht erleben."

Doch Zoric lachte. „Und was ändert das? Ich bin nicht der Kopf dieser Operation. Nur ein Spieler. Die wahren Drahtzieher sitzen längst in euren Parlamenten."

Klara spürte, wie sich ihre Finger um den Abzug spannten. „Wer?"

Zoric sah ihr direkt in die Augen. Und dann sagte er es.

„Jens Weber."

Leo erstarrte.

Klara atmete langsam aus.

Weber.

Der Mann, den sie für einen Teil des Problems gehalten hatten – war in Wahrheit derjenige, der alles kontrollierte.

„Ihr dachtet, ich wäre das Ende der Spur? Ich bin nur der, der die Drecksarbeit erledigt. Aber Weber... Weber sitzt in Berlin, gibt Interviews, trifft Kanzler und Generäle."

Zoric lehnte sich nach vorne.

„Er ist die Spinne in eurem Netz."

Klara spürte, wie sich ihr Herzschlag beschleunigte. Es war größer als sie gedacht hatten. Viel größer. Zoric erkannte ihre Reaktion – und lächelte.

„Aber ihr werdet das nicht mehr aufhalten können."

Leo knurrte: „Wetten?"

Zoric grinste. „Dann versucht es doch."

Klaras Finger berührte den Abzug.

9.4. Kein Entkommen

Zoric saß immer noch in seinem Sessel, das selbstgefällige Lächeln auf den Lippen, als ob er die Situation vollständig unter Kontrolle hätte. Doch diesmal täuschte er sich.

Klara hatte genug gehört.

Ihr Finger spannte sich um den Abzug, ihr Herz raste. Die Erkenntnis, dass Weber der wahre Feind war, dass Zoric nur ein Werkzeug gewesen war – all das änderte nichts daran, dass er sterben musste.

Jetzt.

Der erste Schuss durchschlug sein Knie. Zoric zuckte zusammen, doch er schrie nicht. Seine Zähne bissen sich aufeinander, sein Gesicht blieb fast ausdruckslos.

Leo trat neben Klara, die Waffe erhoben. „Das war für den Austausch."

Der zweite Schuss traf Zoric in die Schulter. Jetzt flackerte Schmerz in seinen Augen. Ilja beobachtete die Szene schweigend, sein Gesicht ausdruckslos.

„Er stirbt zu langsam", murmelte er.

Klara trat näher an den blutenden Mann heran, ihr Blick hart.

„Wo ist deine Genugtuung jetzt, Zoric?"

Zoric lachte leise. „Ihr... versteht es immer noch nicht."

Ein leises Piepen erklang. Klara erstarrte.

Ein Blick auf Zorics Arm – eine kleine, fast unsichtbare Fernbedienung, an seinem Handgelenk befestigt.

Leo fluchte. „FUCK!"

Zoric blinzelte müde, sein Lächeln wurde schwächer, aber es blieb.

„Ihr dachtet wirklich, ich würde zulassen, dass ihr lebend aus diesem Gebäude geht? Oder dass ihr irgendwelche Spuren hinterlasst?"

Klara riss den Ärmel seiner Jacke hoch – eine digitale Anzeige blinkte rot. Zwei Minuten.

Sie packte ihn am Kragen. „Was hast du getan?!"

Zoric hustete Blut, seine Kraft schwand, aber seine Augen funkelten noch einmal.

„Ich nehme alles mit mir."

Plötzlich – ein tiefes, mechanisches Brummen. Die Monitore in Zorics Büro begannen zu flackern, Codes und Daten verschwanden, als ob jemand von außerhalb eine Löschsequenz gestartet hätte.

Ilja trat einen Schritt zurück. „Er hat eine verdammte Selbstzerstörung eingebaut."

Klara ließ Zoric los, ihre Gedanken rasten. Keine Beweise. Kein Netzwerk. Nichts.

Leo stieß einen Fluch aus. „Wir müssen hier raus!"

Klara drehte sich noch einmal zu Zoric um.

Er lag da, blutend, sterbend – und doch hatte er gewonnen.

Mit einem letzten Keuchen flüsterte er: „Ihr habt nichts erreicht."

Klara hob die Waffe. Ein Schuss. Direkt zwischen die Augen.

Zoric war tot. Doch das Gebäude würde ihn bald mitnehmen.

Die ersten Detonationen waren gedämpft, ein tiefes Beben, das sich durch die Wände fraß.

Leo packte Klara am Arm. „JETZT!

Sie rannten.

Die Gänge der Festung waren jetzt ein tödliches Labyrinth – Sprengladungen zündeten Stockwerk für Stockwerk, Decken brachen ein, Rauch wälzte sich durch die Korridore. Die Villa von Anton Zoric löschte sich selbst aus.

Ilja rannte voraus, fand eine Tür, riss sie auf – ein Flur, der in Richtung eines Seitenausgangs führte.

Hitze. Feuer. Staub.

Ein weiterer Sprengsatz detonierte hinter ihnen, warf Klara und Leo zu Boden. Ihre Ohren klingelten.

Leo rappelte sich auf, zog Klara mit sich. „Komm schon, verdammt!"

Ilja schrie von vorne: „DIE LEITER! DORT!

Am Ende des Gangs – eine rostige Notleiter, die in den Garten führte. Ihr letzter Ausweg. Klara sprang als Erste, kletterte nach oben, Leo folgte ihr dicht, während unter ihnen das Feuer alles verschlang. Der Boden vibrierte unter den letzten Sprengsätzen – dann, mit einem gewaltigen Beben, fiel die Festung von Anton Zoric in sich zusammen.

Sie stolperten in den dunklen Garten, keuchend, blutend, dreckverschmiert.

Hinter ihnen – nur noch brennende Ruinen.

Die Villa war weg. Mit ihr alle Beweise.

Ilja lehnte sich gegen eine Mauer, wischte sich das Blut von der Stirn. „Na, das lief doch super."

Leo warf ihm einen wütenden Blick zu, bevor er zu Klara sah. Sie starrte auf die Trümmer. Ihr Atem war schwer. Sie hatten überlebt. Aber sie hatten nichts mehr in der Hand. Zoric war tot. Doch sein Plan...

Sein Plan lebte weiter.

Und sie wussten genau, wohin sie als Nächstes gehen mussten.

Berlin.

10. Zurück nach Berlin

10.1. Ein letzter Name

Irgendwo in Prag – Stunden nach dem Inferno

Der Rauch der brennenden Villa hing noch in der Luft, als Klara, Leo und Ilja sich durch die dunklen Straßen Prags bewegten. Die Stadt schlief, doch für sie war die Nacht noch lange nicht vorbei.

Keiner sprach.

Nicht, als sie sich in eine der engen Gassen schoben.
Nicht, als sie einen gestohlenen Wagen aufbrachen und losfuhren.
Nicht, als sie Prag hinter sich ließen und in Richtung Deutschland verschwanden.

Doch in Klaras Kopf wiederholte sich immer wieder eine einzige Szene.

Zoric.

Blutend. Sterbend. Lächelnd.

Und sein letztes Wort. „Carter."

Ein Name, der alles veränderte. Sie hatten nicht viel Zeit. Die Grenzen waren nicht sicher. Die CIA, der BND, vielleicht sogar Webers eigene Leute würden sie suchen. Aber das war egal. Denn jetzt wussten sie endlich, wer hinter allem steckte.

Nathan Carter.

CIA-Agent. Machtspieler. Der Mann, der in Berlin den Austausch überwacht hatte. Der Mann, der den Tod von Bergen vielleicht sogar geplant hatte. Leo saß am Steuer, seine Finger um das Lenkrad gekrampft. Carter. Das Wort schmeckte nach Dreck.

Klara starrte aus dem Fenster, während die dunklen Straßen an ihnen vorbeizogen. „Er war von Anfang an dabei."

Leo kniff die Augen zusammen. „Und wir haben es nicht gesehen."

Ilja, der auf der Rückbank saß, lachte leise. „Weil ihr nicht sehen solltet."

Leo warf ihm einen scharfen Blick zu. „Was meinst du?"

Ilja zuckte mit den Schultern. „Carter ist kein Bauer auf dem Schachbrett. Er ist einer der Spieler. Ihr habt euch auf Zoric konzentriert – und Carter hat im Hintergrund die Fäden gezogen."

Klara schüttelte den Kopf.

„Das bedeutet, dass Zoric nicht einmal die Spitze der Verschwörung war."

Stille.

Dann sagte Leo das, was sie alle dachten:

„Das bedeutet, dass das hier noch lange nicht vorbei ist."

10.2. Der letzte Gegner

Die Lichter Berlins flackerten im Morgengrauen, als Klara, Leo und Ilja die Stadtgrenze überquerten. Nach Wochen der Jagd, der Flucht, der Kämpfe – waren sie zurück am Anfang.

Zurück in der Stadt, in der der Austausch gescheitert war.
Zurück an dem Ort, wo der erste Schuss gefallen war.
Zurück zu dem Mann, der alles orchestriert hatte.

Nathan Carter.

Er war noch hier. Und er wusste, dass sie ihn suchten. Nathan Carter war kein gewöhnlicher Agent. Er war nicht einer dieser gesichtslosen CIA-Männer, die nur Befehle ausführten. Er war ein Spieler, ein Stratege, ein Überlebenskünstler.

Klara erinnerte sich an die ersten Male, als sie mit ihm gearbeitet hatte – damals, als sie ihn noch für einen Verbündeten hält. Er war der Typ, der nie im Mittelpunkt stand, aber immer alles wusste. Der Mann, der seine Finger in jedem Spiel hatte, aber nie selbst spielte. Und jetzt wusste er, dass Klara auf ihn zukam. Und er wartete.

„Er wird nicht fliehen", murmelte Klara.

Leo saß auf dem Fahrersitz, sein Blick hart auf die Straße gerichtet. „Natürlich nicht. Carter ist zu klug, um zu rennen. Und zu arrogant, um sich zu verstecken."

Ilja auf dem Rücksitz lachte leise. „Ich mag ihn. Er erinnert mich an mich."

Leo funkelte ihn an. „Noch ein Grund, ihn zu erschießen."

Klara ignorierte das Gerede. Ihr Kopf arbeitete bereits. Sie brauchten einen Plan.

Die CIA hatte in Berlin ihre üblichen Anlaufstellen – sichere Häuser, geheime Büros, tote Briefkästen.

Aber Carter war nicht der Typ, der in einem anonymen Apartment in Charlottenburg saß und auf sein Schicksal wartete. Carter war anders. Er brauchte Kontrolle. Er brauchte Überblick. Er brauchte einen Ort, an dem er das Spielfeld sehen konnte. Und Klara wusste genau, wo dieser Ort war. Das alte Theater in Kreuzberg.

Das „Orpheum" war eine Ruine aus einer anderen Zeit.

Ein Theater, das in den 1920er-Jahren für rauschende Nächte gesorgt hatte und nun ein Relikt war. Ein Gebäude, das jeder vergessen hatte. Ein perfekter Ort für ein Treffen, das keiner mitbekommen sollte.

„Er wartet dort", sagte Klara leise.

Leo sah sie an. „Du bist sicher?"

„Er hat diesen Ort schon einmal benutzt. Damals, vor Jahren, als er mit dem BND gearbeitet hat. Er wird es wieder tun."

Ilja schnalzte mit der Zunge. „Und wenn es eine Falle ist?"

Klara warf ihm einen Blick zu.

„Natürlich ist es eine Falle."

Das Auto parkte in einer Seitenstraße, nur ein paar Blocks vom Theater entfernt. Die Straßen waren ruhig. Zu ruhig. Leo überprüfte seine Waffe, lud ein frisches Magazin durch. Ilja zog sein Messer aus der Halterung an seinem Gürtel. Klara atmete tief durch. Sie wusste, dass dies hier das Ende war. Nicht das große Ende – nicht das Ende des Spiels. Aber das Ende für Carter.

Entweder Carter starb heute. Oder sie.

10.3. Die letzte Konfrontation

Das Orpheum war mehr als nur ein verfallenes Theater. Es war ein Denkmal des Verfalls. Die hohen Säulen, einst prunkvoll verziert, waren von Zeit und Vernachlässigung gezeichnet. Die riesigen Kronleuchter, die einst glitzerten, lagen in Scherben auf dem staubigen Boden. Der rote Samt der Sitze war zerrissen, von Ratten und Feuchtigkeit zerfressen.

Doch es war nicht leer. In den Schatten wartete jemand. Jemand, der das Spielfeld kannte.

Und er hatte sie bereits erwartet.

Klara, Leo und Ilja bewegten sich durch die Ruinen, ihre Schritte hallten auf den alten Holzdielen.

Sie wussten, dass sie beobachtet wurden. Jeder Instinkt in Klaras Körper schrie, dass sie in eine Falle liefen. Aber das spielte keine Rolle. Carter war hier. Und es gab kein Zurück.

Plötzlich – ein Summen. Ein einziges Licht erhellte die Bühne. Und dort saß er. Nathan Carter.

Perfekt gekleidet. Ruhig. Arrogant.

Ein Bein lässig über das andere geschlagen, ein Glas Whiskey in der Hand. Neben ihm ein kleiner Holztisch, auf dem eine Pistole lag – entspannt, fast beiläufig. Er sah aus wie ein Mann, der wusste, dass er gewinnen würde. Klara blieb vor der Bühne stehen. Leo und Ilja blieben zurück, Waffen bereit. Carter lächelte.

„Klara. Schön, dich wiederzusehen."

Klara sagte nichts. Ihre Finger ruhten auf ihrer Waffe, aber sie zog sie nicht. Noch nicht. Carter nahm einen langsamen Schluck Whiskey, stellte das Glas mit einem leisen Klonk auf den Tisch.

„Ich habe erwartet, dass du kommst."

Sein Blick wanderte zu Leo und Ilja.

„Aber ich dachte, du würdest mit intelligenteren Leuten arbeiten."

Leo spannte sich an. „Wenn du weiterredest, garantiere ich dir, dass du hier nicht mehr rauskommst."

Carter schüttelte langsam den Kopf. „Das ist der Unterschied zwischen uns, Leo. Du denkst, das hier ist ein Kampf. Aber es ist nur ein Gespräch."

Er wandte sich wieder Klara zu.

„Also reden wir."

Klara verschränkte die Arme. „Reden? Du hast Bergen erschießen lassen. Du hast Zoric geschützt. Und jetzt willst du mit
mir plaudern?"

Carter nickte.

„Ja."

Dann lehnte er sich vor.

„Ich will dir ein Angebot machen."

Klara lachte leise. Ein dunkles, humorloses Lachen.

„Ein Angebot? Ich bin ganz Ohr."

Carter lächelte wieder.

„Geh weg, Klara. Lass es sein. Verschwinde irgendwohin, wo
dich niemand findet. Und ich garantiere dir – du wirst leben."

Seine Stimme war ruhig. Kein Hohn. Keine Drohung. Nur die
kalte, sachliche Stimme eines Mannes, der ein Geschäft
machte.

„Kein BND, keine CIA, keine FSB-Agenten, die dich jagen. Kein
Ilja, der dich verrät. Kein Leo, der irgendwann für dich stirbt."

Sein Blick wurde schärfer.

„Du kannst einfach verschwinden. Und dieses Spiel vergessen."

Stille.

Klara ließ seine Worte einen Moment lang wirken. Dann
machte sie einen langsamen Schritt nach vorne. Ihre Augen
kalt. Berechnend.

„Du verstehst es nicht, Carter."

Sie zog ihre Waffe, richtete sie auf sein Gesicht.

„Für mich gibt es kein Zurück mehr."

Carter nickte langsam. Als hätte er diese Antwort bereits erwartet.

„Dann ist es zu spät."

Ein Klicken. Eine Bewegung in den Schatten. Die Falle schnappte zu.

10.4. Schüsse in der Nacht

Der Moment zwischen Stille und Chaos dauerte nicht länger als einen Herzschlag.

Carter saß noch immer entspannt auf der Bühne des alten Theaters, den Whiskey in der einen Hand, seine Pistole noch immer unberührt auf dem Tisch neben ihm. Doch Klara wusste, dass er längst gewonnen hätte, wenn er sie hätte töten wollen. Das hier war ein Spiel. Sein Spiel. Und jetzt war es an ihm, den nächsten Zug zu machen.

Dann kam das Signal. Ein kurzes, elektronisches Klicken – kaum wahrnehmbar, aber laut genug für die richtigen Ohren. Carter ließ das Whiskeyglas sinken. Und die Schatten erwachten zum Leben.

Plötzlich blitzten Laserzielvorrichtungen in der Dunkelheit auf. Von den Rängen. Von den Balkonen. Aus den dunklen Ecken des Theaters. Sie waren umzingelt. Es war eine verdammte Falle.

Leo reagierte als Erster. „DECKUNG!"

Noch bevor der erste Schuss fiel, stieß er Klara zur Seite. Sie warf sich hinter die Überreste einer alten Sitzreihe, während die ersten Kugeln durchs Theater rasten. Staub und Holzsplitter flogen in die Luft.

Klara rollte sich zur Seite, zog ihre Waffe. Ein Gegner, zwei Reihen entfernt – Kopfschuss. Leo feuerte blind über eine alte Balustrade hinweg. Treffer. Ein Schmerzensschrei. Ilja bewegte sich wie ein Schatten. Schnell. Lautlos. Er tauchte hinter einem alten Vorhang auf, rammte einem Gegner das Messer in den Hals, bevor der Mann überhaupt die Waffe heben konnte.

Doch sie waren zu viele.

Ein Schuss. Ein Aufprall. Leo taumelte zurück, keuchte auf. Er war getroffen.

Klara sah es aus dem Augenwinkel, während sie eine Salve in Richtung der oberen Ränge feuerte. Leo presste eine Hand gegen seine Seite. Blut.

„Verdammte Scheiße!" fauchte er.

Ilja packte ihn, zog ihn hinter einen umgekippten Tisch. „Nicht hier verrecken, Kumpel."

Doch Leo lachte nur rau. „Das wird nicht mein verdammtes Ende sein."

Auf der Bühne bewegte sich Carter keinen Millimeter. Er sah zu. Beobachtete. Studierte. Er war nicht überrascht, dass Klara kämpfte. Nicht überrascht, dass sie überlebte. Er wartete nur auf den richtigen Moment. Dann nahm er langsam seine Pistole vom Tisch, stand auf und ging in aller Ruhe zur Bühnenkante.

„Ihr macht das besser als erwartet."

Seine Stimme schnitt durch das Chaos. Klara duckte sich, feuerte einen weiteren Schuss ab. Ein Gegner stürzte von der Empore – direkt in den leeren Zuschauerraum. Sie atmete schwer, spähte zwischen den Sitzreihen hindurch. Es waren noch mindestens vier von ihnen übrig. Vier – gegen drei, von denen einer verletzt war.

Dann hörte sie Carters Schritte. Langsam. Gleichmäßig. Er kam näher.

Und plötzlich – keine Schüsse mehr. Stille.

Klara spähte über die Lehne eines Sitzes hinweg. Carter stand keine fünf Meter entfernt, die Pistole locker in der Hand. Er lächelte.

„Das war's, Klara."

Er richtete die Pistole auf sie.

Leo knurrte. „Wenn du es tust, Carter, werde ich dich trotzdem erledigen."

Doch Carter ignorierte ihn. Sein Blick war nur auf Klara gerichtet.

„Letztmalige Chance", sagte er leise. „Du kannst gehen. Niemand wird dich verfolgen. Niemand wird dich finden. Du verschwindest – und lebst."

Klara ließ ihn ausreden. Dann zog sie den Abzug. Zweimal.

Carter taumelte zurück. Zwei Treffer in die Brust. Er schnappte nach Luft, stützte sich an der Bühnenkante ab, während Blut über sein Hemd lief. Dann – lachte er. Nicht hasserfüllt. Nicht überrascht. Nur amüsiert.

„Ihr denkt, ihr habt gewonnen?" Er hustete Blut, richtete sich langsam auf. „Das Spiel hat gerade erst begonnen."

Klara starrte ihn an. Dann fiel er. Hinter ihm – nichts als Dunkelheit.

Ilja packte Leo unter den Arm. „Wir müssen raus!"

Klara hörte es kaum. Ihre Augen waren auf die Leere gerichtet, in die Carter gefallen war.

„Klara! Verdammt, beweg dich!"

Dann roch sie es. Rauch. Die ersten Flammen leckten über die alten Balken. Carter hatte das Gebäude mit Sprengladungen versehen. Egal, ob er starb oder überlebte – er würde alles mit sich nehmen.

Sie rannten.

Durch die dunklen Flure des alten Theaters. Über umgestürzte Sitzreihen. Durch die brennenden Vorhänge. Der Boden bebte. Das ganze Gebäude war dabei, einzustürzen.

Ilja zog Leo mit sich. Klara hielt ihre Waffe fest, spähte über die Schulter. Kein Zeichen von Carter. Sie erreichten den Seitenausgang, sprangen in die kühle Berliner Nacht.

Und dann – Die Explosion.

Das Orpheum stand in Flammen.

Die alten Balken stürzten krachend in sich zusammen, Rauch stieg in den Himmel, während das Feuer das Gebäude verschlang.

Klara stand regungslos da, ihr Atem schwer. Leo keuchte neben ihr, seine Hand auf die Wunde gepresst.

Ilja starrte ins Feuer. „Wenn der Bastard das überlebt hat, dann ist er wirklich ein verdammter Dämon."

Leo lachte rau. „Wir sollten sicherstellen, dass er's nicht hat."

Klara nickte langsam.

„Wir sind noch nicht fertig."

Dann drehten sie sich um.

Und verschwanden in der Nacht.

11. Chaos in Berlin

11.1. Keine Zeit für Schmerz

Die Luft schmeckte nach Rauch und Tod. Das alte Theater hinter ihnen brannte lichterloh, orangefarbene Flammen leckten am Nachthimmel, während das Feuer knisternd die Überreste von Nathan Carters letzter Falle verschlang. Die Explosion hatte das Orpheum in eine tödliche Falle verwandelt, und es war nur eine Frage der Zeit, bis die Stadt darauf reagierte.

Doch Klara und Leo hatten keine Zeit, das Spektakel zu betrachten. Sie mussten verschwinden. Jetzt. Leo humpelte neben ihr, seine Zähne fest zusammengebissen. Eine Blutspur zog sich hinter ihm her, dunkel und glänzend auf dem nassen Asphalt. Er blutete zu stark. Viel zu stark.

Klara spürte, wie Panik an ihrem Verstand kratzte, doch sie drängte sie weg. Panik war nutzlos. Panik tötete. Sie schlang seinen Arm um ihre Schultern, zog ihn weiter. Er war schwer. Verdammt schwer.

„Verdammt, Leo, du wirst mir hier nicht abkratzen", knurrte sie.

Leo lachte rau, doch seine Stimme war schwach. „Wenn du mich noch härter anpackst, Klara, verliebe ich mich noch in dich."

Sie ignorierte den Spruch. Denn sie wusste, dass er versuchte, den Schmerz zu überdecken.

Sie hielten sich in den Schatten, bewegten sich durch die engen Straßen Kreuzbergs, immer in Bewegung, immer weg von den Hauptstraßen. Klara spähte über die Schulter. Hatten sie Carter wirklich erledigt? Die Explosion hatte das Gebäude verschluckt, doch ein Teil von ihr glaubte nicht, dass es so einfach war. Carter war kein Mann, der sich so leicht töten ließ.

Sie mussten aus der Stadt verschwinden. Aber zuerst musste Leo überleben.

„Sag mir, wenn du ohnmächtig wirst", sagte sie, während sie ihn weiterzog.

Leo hustete schwach. „Ich sag's dir... kurz davor."

Das Problem war: Sie hatten niemanden mehr.

- Der BND? Unmöglich. Weber kontrollierte die Behörde.
- Die Polizei? Eine Garantie dafür, dass sie erschossen wurden.
- Ilja?

Klara blickte zur Seite. Ilja war verschwunden. Der Mistkerl hatte sich abgesetzt, sobald er merkte, dass es für ihn zu heiß wurde. Sie hätte sich darüber aufregen können. Doch sie verstand ihn. Er war ein Überlebenskünstler. Und Überlebenskünstler banden sich nicht an Sterbende. Leo war kein dummer Mann. Er merkte, dass sie grübelte.

„Suchst du jemanden, den du anrufen kannst?"

„Ja."

„Viel Glück damit."

Sie schnaubte. „Nicht nötig. Wir brauchen keinen."

Sie zerrten sich weiter durch die Straßen, bis Klara schließlich eine Tür aufbrach – ein altes, verlassenes Gebäude, eine Wohnung, die seit Jahren leer stand. Hier war niemand. Kein Licht. Keine Fragen. Keine Kameras. Sie zog Leo hinein, ließ ihn schwer auf eine alte Matratze sinken. Sein Gesicht war blass, seine Lippen leicht bläulich. Er verlor zu viel Blut.

„Klara..."

„Halt die Klappe."

Sie riss eine alte Jacke in Streifen, presste sie auf die Wunde. Leo zuckte zusammen, er biss die Zähne zusammen.

„Verdammt... Klara...“

„Wenn du stirbst, bringe ich dich um.“

Leo lachte schwach, der Schmerz in seinen Augen wurde von amüsierter Resignation überdeckt.

„Du romantisierst das hier ein bisschen zu sehr.“

Klara blieb still, während sie die improvisierte Bandage fester zog.

Dann sprach sie leise. „Wir sind noch nicht fertig.“

Leo blinzelte sie an. Sein Atem ging schwer.

„Weiß ich doch.“

Sein Blick wurde weicher, sein Grinsen schwächer.

„Ich vertraue dir, Klara.“

Sie erwiderte seinen Blick.

Dann drehte sie sich um und griff nach ihrer Waffe.

„Dann hör auf Scheiße zu reden und überleb das hier.“

11.2. Die Stadt wird abgeriegelt

Der Geruch von Rauch und verkohltem Holz hing noch immer über der Stadt, während Berlin langsam zu erwachen versuchte. Doch heute war nichts normal.

Als Klara durch einen schmalen Spalt der Jalousien hinausspähte, sah sie, wie sich die Straßen verändert hatten. Polizeiautos überall. Kontrollpunkte an den Kreuzungen. Absperrungen an Brücken. Berlin war nicht mehr dieselbe Stadt wie gestern. Und das hatte nichts mit den Schüssen im Orpheum zu tun.

Klara zog sich von der Jalousie zurück und blickte zu Leo. Er lag immer noch auf der Matratze, sein Gesicht fahl, die improvisierte Bandage auf seiner Seite durchtränkt von getrocknetem Blut. Doch seine Augen waren offen. Müde, aber wach.

„Polizei?" murmelte er.

Klara nickte langsam. „Die halbe Stadt ist abgesperrt."

Leo lachte rau, hustete. „Sie suchen uns."

Doch Klara schüttelte den Kopf.

„Nein."

Leo blinzelte. „Was?"

Klara starrte auf den Boden. Etwas stimmte nicht.

Die Stadt war in Alarmbereitschaft – ja. Aber das hier war größer. Zu groß.

„Das ist nicht wegen uns, Leo."

Dann – ein dumpfer Knall in der Ferne. Nicht laut. Nicht wie eine Explosion. Aber anders.

Dann noch einer. Und noch einer.

Nicht Bomben. Transformatoren, die abschalteten.

Leo versuchte sich aufzusetzen. „Verdammt... was ist das?"

Klara griff nach dem alten Radio auf dem Boden, drehte an den Frequenzen. Statische Verzerrung.

Dann – eine Stimme.

„...zahlreiche Ausfälle im gesamten Berliner Stadtgebiet..."

Rauschen.

„...Bankensysteme nicht erreichbar... Chaos im Straßenverkehr..."

Sie drehte weiter.

Ein anderer Sender.

„...Cyberangriff auf das Finanznetzwerk... die Bundesregierung spricht von einem koordinierten Angriff..."

Leo sah zu ihr auf. „Das ist Webers Werk, nicht wahr?"

Klara sagte nichts. Sie wusste es bereits. Die Stadt stand still. Geldautomaten funktionierten nicht mehr. Tankstellen waren außer Betrieb. Menschen versammelten sich vor Bankfilialen, ihre Gesichter voller Panik. Berlin wurde nicht abgeriegelt, um Klara und Leo zu finden. Berlin wurde abgeriegelt, um etwas ganz anderes zu verbergen. Klara spürte, wie sich die Teile des Puzzles ineinanderfügten.

Carter war nur ein Teil des Spiels gewesen. Die wahren Drahtzieher hatten nie vorgehabt, sich auf einen simplen Agentenkrieg zu beschränken. Das hier war größer.

„Jemand nutzt das Chaos", murmelte sie.

Leo nickte schwach. „Für den letzten Schritt."

Klara warf einen Blick auf ihre Uhr. Wenn Weber das hier orchestriert hatte – dann war das nicht das Ende seines Plans. Es war der nächste Schritt. Und sie hatten nicht viel Zeit, herauszufinden, was es war.

11.3. Ein Treffen mit Geistern

Das dumpfe Summen der Stadt hing in der Luft, schwer wie ein drohendes Gewitter. Etwas stimmte nicht. Nicht nur die Straßen waren blockiert. Nicht nur das Bankensystem lag lahm. Es war die Atmosphäre.

Die Art, wie sich die Menschen bewegten – nervös, angespannt, unruhig.
Die Art, wie die Polizei an Kreuzungen stand – nicht, um zu helfen, sondern um zu warten.
Die Art, wie in den Nachrichten nichts gesagt wurde, das wirklich erklärte, was los war.

Und Klara wusste: Das war geplant.

Klara zog das alte Burner-Handy aus ihrer Tasche. Ein billiges Prepaid-Modell, das sie schon vor Wochen besorgt hatte. Sie wählte eine Nummer, die sie seit Jahren nicht mehr angerührt hatte. Die Verbindung rauschte kurz, dann meldete sich eine tiefe, vorsichtige Stimme.

„Wer ist da?"

Klara lehnte sich gegen die Wand des verlassenen Apartments, das sie und Leo als Versteck nutzten.

„Ich bin es."

Stille. Dann – ein langes, langsames Einatmen.

„Verdammt, Klara."

Sein Name war Matthias Kern.

Einst einer der besten Cyber-Analysten des BND, hatte er sich nach einem internen Skandal aus dem Spiel zurückgezogen. Offiziell war er „pensioniert".

In Wahrheit hatte er sich ins Dunkel zurückgezogen – weil er wusste, dass der BND nicht mehr dem BND gehörte.

„Ich dachte, du wärst tot", murmelte er nach einer kurzen Pause.

Klara schnaubte. „Ich dachte das auch mal."

„Wenn du mich anrufst, dann ist das hier größer als ich wissen will."

„Zu spät, Matt."

Sie hörte, wie er tief ausatmete. „Ich habe die Nachrichten gesehen."

„Dann weißt du, dass das hier kein Zufall ist."

Ein kurzes Schweigen. Dann:

„Die Systeme sind gezielt ausgeschaltet worden. Es gibt keine Forderungen, keine Kommunikation, keine üblichen Muster. Das ist kein Cyberangriff für Lösegeld. Das ist ein verdammter Schnitt ins Nervensystem."

Klara spürte, wie sich ihr Magen verkrampfte. „Wer hat das gemacht?"

Matthias' Stimme wurde noch leiser.

„Die Frage ist nicht, wer es getan hat. Die Frage ist, wem es nützt."

Leo beobachtete Klara von der Matratze aus, sein Gesicht schmerzverzerrt, aber aufmerksam.

„Also, was willst du mir sagen?" fragte Klara leise.

Eine kurze Pause. Dann ein Klicken auf der Leitung – er hatte etwas auf seinem Computer geöffnet.

„Ich gebe dir eine Adresse."

Ein kurzer Piepton auf Klaras Handy. Eine Nachricht. Eine Adresse. Sie überflog die Zeilen. Ein altes Industriegebiet, tief im Osten der Stadt.

„Was ist dort?"

„Daten."

„Von wem?"

„Von den Leuten, die das hier steuern."

Klara kniff die Augen zusammen. „Du sagst mir nicht alles, Matt."

Seine Stimme war noch leiser als zuvor.

„Wenn du da hingehst, bist du tot, bevor du klopfen kannst."

Klara sah zu Leo. Sein Blick sagte alles. Es war eine Falle. Natürlich war es eine Falle. Aber wenn sie herausfinden wollten, was wirklich los war – hatten sie keine andere Wahl.

11.4. Die Schlacht in der alten Fabrik

Die Straßen waren dunkel, die Laternen warfen nur spärliche Lichtflecken auf den nassen Asphalt. Klara saß auf dem Beifahrersitz des gestohlenen Wagens und spähte aus dem Fenster, während Leo mit angespanntem Kiefer steuerte. Sein Gesicht war fahl, die Kugelwunde an seiner Seite brannte wie Feuer – aber er sagte kein Wort.

Die Adresse führte sie tief nach Spandau. Verlassene Industriegebäude, rostige Lagerhallen, breite Zufahrtsstraßen, die sich im Nebel verloren. Ein perfekter Ort für eine Falle. Und Klara wusste: Das hier war eine. Aber sie fuhren trotzdem weiter. Sie erreichten das Gelände kurz nach Mitternacht.

Die Fabrik war ein Relikt aus vergangenen Zeiten – eine riesige, heruntergekommene Halle mit zerbrochenen Fenstern und rostigen Stahltüren, deren Farbe von Jahrzehnten der Vernachlässigung abgeblättert war. In der Ferne hörte man das Heulen eines Zuges – ein Echo aus der Vergangenheit.

Leo hielt an, ließ den Motor laufen. Stille.

Klara spürte, wie sich ihr Nacken verkrampfte. Jede Zelle in ihrem Körper schrie, dass hier etwas nicht stimmte.

„Zu ruhig", murmelte Leo.

Klara nickte. „Zu perfekt."

Sie warf einen Blick auf das Handy – keine Antwort mehr von Matthias Kern. Kein Signal. Er hatte gewusst, dass das hier eine Todesfalle war. Und jetzt wussten sie es auch. Sie öffnete die Tür. Und in genau diesem Moment prasselte das erste Kugelfeuer auf den Wagen ein.

„SCHEIßE!"

Klara warf sich auf den Boden, während die Windschutzscheibe zersplitterte. Leo riss die Fahrertür auf, rollte sich ab, griff nach seiner Waffe. Von den Dächern der Fabrik blitzten Mündungsfeuer auf. Scharfschützen.

Von der Seite raste ein schwarzer SUV heran – Türen sprangen auf, Männer in dunkler Kampfausrüstung stürmten heraus. FSB. Russische Killer.

„Beweg dich!" brüllte Leo und feuerte eine Salve in ihre Richtung.

Klara sprintete zur Seite, tauchte hinter einen umgestürzten Container. Die Kugeln schlugen mit metallischem Kreischen in den rostigen Stahl ein.

Das hier war kein einfacher Angriff. Das hier war wieder einmal eine verdammte Exekution.

Ein Gegner kam von der Seite. Groß, kräftig, mit einem brutalen Gesicht. Sein Gewehr war nutzlos auf diese kurze Distanz – also zog er ein Messer. Leo hatte keine Zeit zu ziehen. Er wich einem ersten Stich aus, packte den Arm des Angreifers und rammte sein Knie mit voller Wucht in dessen Rippen.

Knacken.

Der Mann brüllte auf, doch Leo war bereits über ihm. Er packte seinen Kopf, drehte ihn mit einer schnellen, brutalen Bewegung. Ein trockener Ruck – dann Stille. Der Mann sackte tot zu Boden.

Doch bevor Leo reagieren konnte, sprang der nächste Angreifer aus dem Schatten auf ihn. Ein Fausthieb traf Leo an der Schulter, ließ ihn taumeln. Sein Körper schrie vor Schmerz, aber er ignorierte es. Er hatte in dieser Nacht keine Zeit zum Sterben.

Er packte den Kerl am Hals, rammte ihn gegen die Wand des Containers und schlug ihm mit der Faust ins Gesicht. Einmal. Zweimal. Blut spritzte auf Leos Hemd. Doch der Mann kämpfte weiter. Er war stark. Leo keuchte. Er war schwächer. Der Russe schlug ihm den Ellenbogen in die Seite – genau in die verdammte Wunde.

Ein Schrei entkam Leos Lippen, und sein Gegner grinste. Doch er grinste zu früh. Leo war ein Kämpfer. Ein Überlebender.

Er packte den Kopf des Mannes mit beiden Händen und rammte ihn mit voller Kraft gegen den Container. Ein dumpfes Krachen. Der Körper wurde schlaff.

Zwei Männer. Zwei Leichen. Und Leo stand noch. Gerade so.

Klara war inzwischen in eine der Lagerhallen gestürzt. Doch sie war nicht allein. Ein Schatten bewegte sich hinter ihr. Sie wirbelte herum – doch zu spät.

Ein massiver Arm packte sie, schleuderte sie gegen eine Kiste. Der Aufprall nahm ihr den Atem.

Sie schnappte nach Luft, spürte den stechenden Schmerz in ihren Rippen. Dann sah sie ihn. Ein Hüne. Zwei Meter groß, ein lebender Panzer aus Muskeln und Wut. Sein Gesicht war Narben und Hass. Ein Killer. Er knurrte etwas auf Russisch, zog sein Messer.

Klara blinzelte Blut aus ihren Augen. „Wenigstens bist du kein Feigling."

Dann griff er an. Er war schnell. Schneller als ein so großer Mann sein sollte. Das Messer blitzte auf – Klara wich aus, rollte zur Seite. Knapp. Zu knapp. Er packte eine Holzkiste, schleuderte sie nach ihr.

Sie sprang hoch – zu spät. Die Kiste traf ihre Beine, riss sie zu Boden. Der Russe stürzte sich auf sie, das Messer in der Hand. Doch Klara hatte ihre eigene Klinge. Sie riss ihr Messer aus dem Holster, blockte im letzten Moment seinen Angriff. Metall traf auf Metall. Funken sprühten. Ihre Arme brannten, der Druck seiner Klinge drängte sie nach unten.

„Du stirbst heute, kleine Schlampe", zischte er.

Klara knurrte. „Sicher?"

Dann ließ sie sich fallen, rammte ihre Knie in seinen Bauch und stieß ihn mit einem Ruck über sich hinweg. Der Hüne taumelte, landete hart auf dem Rücken. Klara sprang hoch, stieß ihr Messer nach unten – doch er war wieder zu schnell.

Er packte ihr Handgelenk, verdrehte es brutal. Schmerz.

Das Messer fiel klappernd auf den Boden. Verdammt.

Er lachte. „Das war's."

Doch Klara war nicht wehrlos. Mit einer schnellen Bewegung packte sie einen rostigen Metallstab vom Boden – und rammte ihn ihm mitten ins Bein. Er schrie auf. Sie nutzte den Moment, riss sich los, schnappte sich ihr Messer – und bevor er reagieren konnte, schnitt sie ihm die Kehle auf. Sein Grunzen erstickte im eigenen Blut. Er kippte zur Seite. Stille.

Klara wischte sich mit dem Handrücken über die Stirn. Ihr Herz raste. Ihr Körper war ein einziger Schmerz. Doch sie stand noch. Und sie war nicht allein. Draußen stand Leo – schwer atmend, blutüberströmt, aber lebendig.

Und zwischen ihnen lag ein letzter Gegner. Ein Russe, bewusstlos, die Hände gefesselt mit Kabelbindern. Klara nickte.

„Jetzt redet er."

12. Blutige Wahrheit

12.1. Die Wahrheit hinter der Falle

Der Raum roch nach Angst und Blut. Eine flackernde Glühbirne warf harte Schatten auf die nackten Betonwände. Klara saß auf einem umgestürzten Metallstuhl, ein Messer in der Hand, ihre Augen kalt auf den Mann gerichtet, der vor ihr gefesselt auf einem Stuhl saß. Der FSB-Agent.

Sein Gesicht war blutverschmiert, seine Arme mit Kabelbindern an die Armlehnen gefesselt. Er hatte bereits Schmerzen erlitten – aber er war noch nicht gebrochen. Leo stand daneben, schwer atmend. Sein Hemd war dunkel von Blut getränkt – seine Wunde verschlechterte sich.

Klara sprach leise. „Du sagst mir jetzt, warum Weber wollte, dass ich sterbe."

Keine Antwort.

Also setzte sie die Messerspitze unter sein Auge.

„Oder du sagst es mir... mit einem Auge weniger."

Der FSB-Agent zuckte kaum merklich. Dann spuckte er ihr Blut vor die Füße.

„Fahr zur Hölle."

Klara atmete tief durch. Dann zog sie das Messer über seine Wange – nicht tief, aber schmerzhaft genug.

„Noch einmal", sagte sie ruhig.

Stille. Dann – ein leises Lachen.

„Ihr jagt die falschen Geister."

Leo trat vor. „Dann sag uns, welche wir jagen sollen." Seine Stimme klang rau.

Der FSB-Agent sah ihn an, sein Atem flach. Dann murmelte er einen Namen:

„Jakob Lenz."

Klara blinzelte. Lenz? Ein alter BND-Insider – offiziell seit Jahren tot.

„Wo?" fragte sie sofort.

Doch bevor er antworten konnte – ein Knall. Die Tür explodierte.

Spezialeinheit. Schwarz gekleidet, schallgedämpfte Waffen im Anschlag.

Die erste Kugel schlug in die Wand neben Klaras Kopf. Sie warfen sich zu Boden.

Leo brüllte: „IN DECKUNG!"

Der FSB-Agent riss an seinen Fesseln, versuchte wegzukommen – doch eine Kugel traf ihn in die Brust. Er röchelte, Blut sprudelte aus seinem Mund. Mit letzter Kraft sah er Klara an.

„Ihr seid... zu spät."

Dann starb er.

Klara und Leo schossen sich den Weg frei. Kugeln fetzten durch die Dunkelheit. Ein Gegner fiel, ein weiterer taumelte.

Leo rang nach Luft, seine Kräfte schwanden. „Wir müssen hier raus!"

Klara warf eine alte Gasflasche um, feuerte einen Schuss darauf. Eine Explosion erschütterte das Gebäude. Rauch, Chaos, Schreie. Klara packte Leo und zog ihn aus dem Raum.

Sie hatten überlebt – aber sie hatten nichts gewonnen. Nur einen Namen. Und eine Warnung.

12.2. Spur nach Potsdam

Flucht durch Berlin – Gejagte in der Nacht

Die Straßen verschwammen in der Dunkelheit, während Klara den Wagen durch das Gewirr aus engen Gassen jagte. Der BMW, ein gestohlenes Fahrzeug aus einer anonymen Tiefgarage, war unauffällig genug – aber sie wusste, dass die Straßen nicht mehr sicher waren.

Leo lag auf dem Beifahrersitz, die Augen halb geschlossen. Seine Atmung war flach und angestrengt, während seine Haut unnatürlich blass wirkte. Er blutete durch seine provisorische Bandage.

„Bleib wach, Leo." Klara riskierte einen kurzen Blick zu ihm.

Leo öffnete die Augen ein Stück weiter und grinste schwach.

„Ich bin nicht tot, wenn du das meinst."

„Noch nicht." Sie drückte das Gaspedal weiter durch.

Sie hatten nur einen einzigen Namen: Jakob Lenz.

Offiziell galt der ehemalige BND-Analyst seit Jahren als tot. Doch der FSB-Agent hatte ihn als Schlüsselfigur genannt, bevor ihm eine Kugel das Leben nahm. Klara wusste, dass Lenz einmal in Potsdam gelebt hatte – nahe der Glienicker Brücke. Ein merkwürdiger Zufall.

Sie wählte eine Nummer, die sie seit Jahren nicht mehr benutzt hatte. Nach drei Tönen nahm jemand ab.

„Verdammt, Klara, du solltest mich nicht anrufen."

„Keine Zeit für Beschwerden, Frank."

„Was willst du?"

„Informationen über Lenz."

Stille.

Dann, ein leises Seufzen. „Er hatte eine alte Lagerhalle in Potsdam. Ein Ort, an dem er verschwundene BND-Dokumente gesammelt hat. Niemand sollte davon wissen."

„Und du sagst mir das einfach so?"

„Ich sage es dir, weil du schon so tief drinsteckst, dass es egal ist."

Klara legte auf. Dann trat sie das Gaspedal durch.

Nächstes Ziel: Potsdam.

Die Adresse führte sie in ein altes Industriegebiet. Verlassene Schienen, dunkle Lagerhallen, das entfernte Rauschen des Flusses. Klara parkte den Wagen in einer Seitengasse und zog Leo vorsichtig aus dem Auto.

„Kannst du noch kämpfen?"

Leo lachte heiser. „Immer."

Sein Hemd war durchtränkt von Blut, sein Gesicht schweißnass, aber er stand auf eigenen Beinen.

„Dann los."

Die Lagerhalle war ein massiver Betonbau mit rostigen Toren. Überall Schutt, verrottete Kisten, ein beißender Geruch nach Öl und Staub. Klara schob eine Seitentür auf – ein alter Wartungseingang, das Schloss bereits aufgebrochen. Jemand war hier. Vor ihnen.

Drinnen:

- Metallregale, vollgestopft mit alten Akten.

- Ein brummender Generator – jemand hatte Strom.

- Ein einzelner Laptop, eingeschaltet.

Leo humpelte an einen der Aktenschränke und zog eine Schublade auf. „Das hier sieht aus wie ein verdammtes BND-Archiv."

„Dann hoffen wir, dass Lenz uns etwas hinterlassen hat."

Klara hörte es zuerst.

Ein leises Knacken, kaum wahrnehmbar.

Dann – ein Schatten, der sich bewegte.

„Deckung!" schrie sie.

Schüsse krachten durch die Halle. Kugeln rissen Papiere in Fetzen, sprengten Holzsplitter von Kisten.

Leo warf sich hinter ein Regal.

Drei Angreifer – schwarz gekleidet, schnelle Bewegungen. Keine gewöhnlichen Söldner.

Sie kamen, um zu töten.

Klara rollte sich hinter eine Metallkiste, feuerte zwei Schüsse ab. Ein Mann zuckte, fiel mit einem dumpfen Aufprall zu Boden. Leo keuchte, sein Atem flach, doch er hielt durch. Sein Schuss erwischte einen zweiten Gegner an der Schulter – nicht tödlich, aber genug, um ihn aus dem Kampf zu nehmen.

Der letzte Angreifer war schneller. Er feuerte eine Salve direkt auf Klara. Sie riss ein Regal um, nutzte es als Deckung. Kugeln schlugen in den Boden, Staub wirbelte auf.

Ein Moment der Stille – dann stand der letzte Mann plötzlich über ihr, seine Waffe auf sie gerichtet.

Klara sah nur eine Chance. Sie riss eine alte Metallstange vom Boden und schlug ihm mit voller Wucht gegen das Knie. Der Kerl brüllte auf, stolperte nach hinten. Sie zog ihre Pistole.

Ein Schuss. Ein Treffer. Ein toter Mann.

„Beeil dich!" rief Leo. „Wir haben nicht viel Zeit!"

Klara rannte zum Laptop. Auf dem Bildschirm war eine Datei geöffnet. Ein einziger Satz, in roter Schrift.

„Es ist noch nicht vorbei."

Klara starrte auf die Worte.

Leo keuchte: „Was zur Hölle bedeutet das?"

„Es bedeutet..." Klara ballte die Faust.

„Dass Lenz wusste, dass jemand ihn jagt."

Und dass sie es jetzt auch tun würden.

12.3. Die Jagd beginnt erneut

Potsdam – Der Moment vor dem Sturm

Das dumpfe Summen des alten Laptops klang wie das ferne Rauschen eines bevorstehenden Sturms. Klara starrte auf die roten Worte, die auf dem Bildschirm flimmerten.

„Es ist noch nicht vorbei."

Draußen lag Potsdam in der nächtlichen Stille, die Straßen schienen wie ausgestorben. Doch Klara wusste, dass es nur eine Illusion war. Jemand war unterwegs zu ihnen. Leo saß schwer atmend neben ihr, die Wunde an seiner Seite blutete durch die notdürftige Bandage. Seine Hände zitterten leicht, als er sich aufrichtete. Er war am Limit, aber er würde sich nicht zurückziehen.

„Wir müssen Lenz finden", murmelte er, den Blick fest auf den Bildschirm gerichtet.

„Falls er noch lebt", entgegnete Klara düster.

Leo hob das Handy und gab die einzige Nummer ein, die noch einen Funken Hoffnung versprach.

Das erste Freizeichen. Das zweite. Dann – Stille.

Leo schüttelte den Kopf. „Er hebt nicht ab."

Klara biss sich auf die Lippe. Das war schlecht.

Entweder war Lenz tot.

Oder er wartete bereits auf sie – und nicht allein.

Klara wollte gerade den Laptop nach Hinweisen durchsuchen, als ihr Instinkt sie erstarren ließ. Etwas hatte sich verändert. Ein Geräusch. Nicht laut. Nicht direkt bedrohlich.

Aber… falsch.

Ein leises, kaum hörbares Klacken – Metall auf Beton. Klara griff instinktiv zur Waffe und spähte durch das vergitterte Fenster. Bewegung.

Schatten huschten zwischen den alten Schiffscontainern, die im Hof der Lagerhalle standen. Keine hektischen Bewegungen – nein, das hier waren Profis. Killer.

„Leo", flüsterte sie.

Er folgte ihrem Blick und sah sie dann an. „Wir haben Gesell-schaft."

Dann ging alles sehr schnell. Das Glas des Fensters zerbarst in tausend Stücke, als der erste Schuss fiel.

„RUNTER!" brüllte Leo, während er den Laptop packte.

Klara riss ihn mit sich hinter einen alten Aktenschrank, als die Kugeln in das Holz schlugen und Papiere in die Luft wirbelten.

„Wie viele?" rief Leo.

„Mindestens vier – vielleicht mehr", fauchte Klara.

Die Angreifer bewegten sich schnell, methodisch. Sie wollten nicht verhandeln. Sie wollten sie auslöschen.

Klara riss ihren Rucksack auf, zog eine Rauchgranate heraus und warf sie in den Gang. Ein Zischen – dann explodierte dichter, weißer Rauch in der Halle. Verwirrung. Ihr Vorteil.

Leo warf eine Schublade aus einem Aktenschrank zu Boden, erzeugte Lärm, um die Angreifer zu täuschen. Dann feuerte er blind in den Rauch.

Ein erstickter Schrei – einer war getroffen. Doch die anderen waren noch da.

Klara bewegte sich geduckt zwischen den Regalen, sprang über eine umgestürzte Kiste. Plötzlich – eine Bewegung rechts von ihr. Sie riss die Waffe hoch – doch ihr Gegner war schneller.

Ein schwarzer Schatten, ein brutaler Aufprall – sie wurde nach hinten geschleudert. Ihr Kopf krachte gegen ein Regal, Metall donnerte zu Boden. Der Mann über ihr – groß, kräftig, eine Maske über dem Gesicht. Ein Killer, darauf trainiert, Menschen wie sie auszuschalten.

Seine Hand packte ihre Kehle. Er drückte zu. Schwarze Punkte flackerten vor ihren Augen. Verdammt. Sie griff nach dem Messer an ihrem Gürtel – doch er bemerkte es, schlug ihre Hand weg. Kein Sauerstoff mehr. Ihre Lunge brannte. Doch Klara ließ sich nicht töten.

Mit letzter Kraft rammte sie ihr Knie in seine Rippen, nutzte die Sekundenbruchteile seines Zögerns, griff nach einem umgestürzten Metallstab – und schlug ihn ihm mit voller Wucht gegen den Kopf.

Der Mann taumelte. Ein Schuss aus nächster Nähe – direkt in seine Brust. Er fiel. Klara schnappte nach Luft, ihre Kehle schmerzte.

„Klara!" rief Leo.

Sie riss sich zusammen und sprintete zu ihm.

„Wir müssen raus!"

Draußen herrschte absolute Dunkelheit. Klara und Leo stürzten in die Nacht, während hinter ihnen Schüsse krachten.

„Auto?!" rief Leo keuchend.

„Die haben unseren BMW gefunden – wir sind zu Fuß."

Verdammt. Hinter ihnen – Stiefelschritte. Sie wurden gejagt.

Die Gassen waren eng, die Luft war kalt. Klara und Leo rannten durch Hinterhöfe, sprangen über alte Zäune. Schüsse peitschten durch die Straßen. Ein Auto raste auf sie zu – ein schwarzer Geländewagen. Webers Männer.

„DECKUNG!"

Klara riss Leo hinter einen Müllcontainer, während das Fahrzeug eine Reihe Mülltonnen mit sich riss.

Leo keuchte: „Das wird eng."

„Nicht, wenn wir sie zuerst erledigen."

Sie zog ihre letzte Granate, wartete, bis der Wagen nahe genug war – Dann warf sie.

BOOM!

Der Geländewagen wurde von der Druckwelle erfasst, schleuderte auf die Seite und krachte gegen eine Hauswand. Flammen leckten über das Metall. Doch es war nicht vorbei. Ein weiterer SUV raste heran.

„Lauf!" rief Klara.

Leo warf ihr einen letzten Blick zu – dann rannten sie weiter, hinein in das dunkle Herz von Potsdam.

Nach endlosen Minuten fanden sie Schutz in einem alten Innenhof. Klara presste sich gegen die Wand, ihre Waffe noch immer in der Hand. Leo rang nach Atem. Dann – Stille.

Sie hatten ihre Verfolger abgehängt. Aber sie hatten auch etwas anderes verloren.

„Die Spur ist weg", sagte Leo schließlich.

Klara kniff die Augen zusammen.

„Nein. Wir haben noch die Nachricht von Lenz. Wir wissen, dass es weitergeht."

Sie zog das Handy hervor.

„Und ich habe eine Idee, wo."

12.4. Ein letztes Signal

Potsdam – Atemlose Stille nach der Jagd

Die engen Straßen waren ruhig. Nur das entfernte Rauschen der Havel und das gedämpfte Summen der Stadt durchbrachen die Nacht.

Klara und Leo kauerten in einem dunklen Innenhof, umgeben von verwitterten Backsteinmauern. Der Boden war feucht, das Blut an Leos Seite dunkel auf seinem Hemd getrocknet.

Sie hatten ihre Verfolger abgehängt.

Fürs Erste.

Aber sie hatten auch ihre Spur verloren.

Leo starrte ins Leere, während er sich gegen die kalte Wand lehnte. Sein Gesicht war fahl, die Erschöpfung lastete schwer auf ihm.

„Wir sind blind", murmelte er. „Lenz ist weg. Unser Auto ist weg. Wir haben keine Optionen mehr."

Klara betrachtete ihn schweigend. Dann zog sie das Handy hervor, das sie dem BND-Laptop entnommen hatte.

Vielleicht war noch etwas übrig.

Das Handy war alt, mit einer gesperrten Benutzeroberfläche, aber nicht unknackbar.

Klara tippte auf das Display, ließ es von einer kleinen, modifizierten Software durchlaufen, die sie in Berlin besorgt hatte.

Ein verschlüsselter Ordner tauchte auf.

„Ich habe was."

Leo öffnete die Augen ein Stück weiter. „Bitte sag mir, dass es mehr als Müll ist."

Klara las die Zeilen, die sich langsam aufbauten. Ihr Herzschlag beschleunigte sich.

Es war eine Nachricht. Von Jakob Lenz. Ein Ort. Eine Uhrzeit.

Und nur eine einzige Zeile:

„Glienicker Brücke. Letzte Chance."

Klara ließ die Worte in ihrem Kopf kreisen.

Die Brücke.

Der Ort, an dem alles begann. Der Ort, der als Symbol für den Kalten Krieg diente – und nun wieder zum Schauplatz eines dunklen Spiels wurde. Warum? Warum wollte Lenz sich ausgerechnet dort treffen?

Leo rieb sich über das Gesicht. „Das ist eine verdammte Falle."

„Vielleicht", sagte Klara. „Aber wenn es eine ist... dann ist sie verdammt gut inszeniert."

Leo sah sie scharf an. „Du willst da hin."

Klara schwieg. Dann nickte sie.

„Ja."

Leo verzog das Gesicht, stieß einen erschöpften Lacher aus. „Natürlich willst du das."

Sie hatten keine Zeit zu verlieren.

Leo verband seine Wunde neu. Er biss die Zähne zusammen, während Klara sich ein gestohlenes Motorrad beschaffte – eine alte BMW, unauffällig genug, um in der Nacht zu verschwinden.

„Bist du sicher, dass du fahren kannst?" fragte Klara, als Leo hinter ihr aufsitzen wollte.

„Fragen wir das doch nach den ersten fünf Minuten, wenn ich nicht runtergefallen bin."

Klara startete den Motor.

Der dumpfe Klang schnitt durch die Stille.

Dann fuhren sie los – Richtung Glienicker Brücke.

Dorthin, wo Geister warteten.

Dorthin, wo sich das Schicksal entschied.

13. Jagd auf einen Geist

13.1. Der Geist aus der Vergangenheit

Die Nacht war schwarz wie Tinte. Der Wind peitschte gegen Klaras Gesicht, während sie das Motorrad mit über hundert Sachen über die dunklen Straßen jagte.

Leo saß hinter ihr, klammerte sich mit einer Hand an ihren Gürtel, die andere lag auf seiner blutdurchtränkten Seite.

Die Glienicker Brücke lag nur noch wenige Minuten entfernt.

Das Treffen mit Jakob Lenz.

Eine Chance, Antworten zu finden – oder eine Falle, die mit tödlicher Präzision auf sie wartete.

Leo knurrte hinter ihr: „Letzte Chance, Klara. Wenn du einen Plan hast, dann wäre jetzt ein guter Moment, ihn mir zu mitzuteilen."

„Bleib wachsam."

„Ach, danke. Daran hätte ich jetzt gar nicht gedacht."

Sie ignorierte seinen Sarkasmus. Die Anspannung in ihrem Nacken war wie ein Schraubstock. Warum wollte Lenz ausgerechnet hier reden? Warum dieser symbolträchtige Ort?

Ein Echo aus dem Kalten Krieg – und jetzt vielleicht der letzte Ort, den sie je betreten würden.

Die Glienicker Brücke tauchte vor ihnen aus der Dunkelheit auf.

Massive Stahlträger, die sich über die Havel spannten, getaucht in das gespenstische Licht der Straßenlaternen. Die Vergangenheit klebte an jedem Zentimeter dieses Ortes. Hauchdünn wie Spinnweben, aber unauslöschlich. Klara hielt das Motorrad unterhalb der Brücke an, versteckte es hinter einem alten Lieferwagen.

„Okay", murmelte Leo, als er abstieg und das Gesicht verzog. Seine Verletzung machte ihm zu schaffen. „Wo ist unser Kerl?"

Klara scannte mit ihren Augen die Umgebung. Da.

Eine Gestalt, nur ein Schatten unter der Brücke. Jakob Lenz.

Lenz stand dort, den Rücken an einen der Pfeiler gelehnt, die Hände tief in die Taschen seines dunklen Mantels vergraben. Er sah aus wie ein Mann, der sich nie wirklich sicher fühlte. Klara und Leo näherten sich langsam.

„Lenz", sagte Klara.

Sein Kopf ruckte hoch. Seine Augen huschten sofort an ihnen vorbei – suchend. Misstrauisch. Er hatte Angst.

„Seid ihr verfolgt worden?" Seine Stimme war rau.

Klara ignorierte die Frage. „Warum hier?"

Lenz trat einen Schritt näher. „Weil es das Einzige ist, das sie nicht berühren konnten. Noch nicht."

Leo verschränkte die Arme. „Wer sind sie?"

Lenz holte tief Luft. Dann kam die Wahrheit.

„Ihr glaubt, es geht nur um einen Cyberangriff", murmelte Lenz.

Klara beobachtete jede seiner Bewegungen.

„Was heißt das?"

Lenz sah sie an, seine Hände verkrampften sich.

„Weber will nicht nur Chaos. Er will Kontrolle. Und dazu muss er ein neues Feindbild erschaffen."

Leo runzelte die Stirn. „Feindbild?"

„Der Cyberangriff war nur der Anfang. Er sollte Angst säen, Instabilität erzeugen. Aber das reicht nicht. Er braucht... ein Symbol."

Klara spürte, wie ihr Magen sich verkrampfte. „Einen Anschlag."

Lenz nickte langsam.

„Nicht einen. Mehrere."

Plötzlich – Ein leises, unheilvolles Klicken.

Klara erstarrte. Sie kannte dieses Geräusch. Leo hörte es im gleichen Moment. Er packte Lenz am Arm, riss ihn herum.

„ACHTUNG SCHÜTZE!" brüllte er.

Dann – Der erste Schuss.

Die Kugel durchschlug die Luft mit einem fiesen Kreischen. Lenz zuckte, sein Körper wurde nach vorne gerissen – dann kippte er. Klara warf sich zu Boden, zog Leo mit sich. Die Schüsse kamen von einem der alten Aussichtstürme.

„Verdammt!" keuchte Leo. „Das war ein verdammter Scharfschütze!"

Lenz lag am Boden. Blut sickerte aus seiner Brust, lief über das Pflaster der Brücke, dunkler als die Nacht. Sein Mund bewegte sich.

Klara kroch zu ihm, packte sein Hemd. „Was ist Webers nächster Schritt?!"

Lenz hustete. Blut lief aus seinen Mundwinkeln. Seine Stimme war kaum mehr als ein Hauch.

„Ihr seid... zu spät."

Dann wurde sein Blick leer.

Klara riss sich los von dem Anblick.

Ein weiterer Schuss – die Kugel schlug nur wenige Zentimeter neben ihr ein.

Leo zog sie hoch. „Lauf!"

Sie stürzten zur Seite, rannten über die Brücke. Kugeln fetzten durch die Nacht, klatschten in Metall, rissen Asphalt auf. Der Feind wollte nicht, dass sie lebend gingen. Klara zog ihre Waffe, feuerte blind zurück.

„WOHIN?!" brüllte Leo.

Klara riss ihn mit sich in die Dunkelheit. „Verdammt nochmal weg von hier!"

Sie verschwanden in den Schatten.

Hinter ihnen – die Glienicker Brücke, gezeichnet von Blut und Schüssen. Und in Klaras Kopf nur ein einziger Gedanke: Wir sind zu spät.

13.2. Auf der Flucht

Berlin – Ein Rennen gegen den Tod

Die Stadt rauschte an ihnen vorbei wie ein fiebriger Albtraum.

Klara drückte das Motorrad bis an die Grenze, die Reifen fraßen sich in den Asphalt, während der Fahrtwind ihr die Haare ins Gesicht peitschte. Hinter ihr klammerte sich Leo an sie, sein Griff schwach, ungleichmäßig.

Er blutete. Viel zu stark.

Die Schüsse auf der Glienicker Brücke hallten noch in ihrem Kopf nach. Lenz war tot. Ihre einzige Spur lag in einer Blutlache auf dem alten Pflaster.

Und jetzt jagte man sie. Von allen Seiten.

Als sie die ersten Lichter von Berlin erreichten, bemerkte Klara es sofort.

Polizeifahrzeuge. Blinkende Blaulichter. Straßensperren.

Doch das war nicht das Merkwürdige. Das Merkwürdige war, dass sie zu schnell aufgestellt worden waren. Als hätte jemand bereits gewusst, dass Klara und Leo genau diesen Weg nehmen würden. Leo hustete schwer hinter ihr. Sein Atem klang rau, feucht – ein verdammtes Alarmsignal.

„Klara..." Seine Stimme war kaum mehr als ein Krächzen.

„Ich weiß", knurrte sie. „Wir haben ein verdammtes Problem."

Dann sah sie das riesige, leuchtende Straßenschild über der Hauptstraße:

„Fahndung: Klara Voigt & Leo Hartmann – Gesucht wegen Terrorismusverdacht."

„Scheiße." Klara spürte, wie sich ihr Magen verkrampfte.

Das hier war größer als eine normale Verfolgung. Webers Netzwerk war so tief infiltriert, dass er nun sogar den BND gegen sie aufgewiegelt hatte.

„Wir sind geliefert", murmelte Leo.

„Noch nicht." Klara zog das Motorrad scharf nach rechts, in eine schmale Seitenstraße. Der Motor heulte auf, Reifen quietschten, als sie sich durch enge Gassen schlängelten.

Hinter ihnen – Sirenen. Sie waren nirgendwo mehr sicher.

Klara fuhr weiter in die dunklen Straßen der Stadt, vorbei an geschlossenen Läden, heruntergekommenen Plattenbauten. Sie brauchten ein Versteck. Sofort.

Doch Leo hielt sich kaum noch auf dem Motorrad. Sein Kopf sank gegen ihre Schulter, sein Griff lockerte sich.

„Leo!"

Keine Antwort.

„Leo, verdammt nochmal, wach bleiben!"

Er murmelte etwas Unverständliches. Dann rutschte er fast von der Maschine. Klara brachte das Motorrad mit einem abrupten Ruck zum Stehen. Sie sprang ab, packte Leo und zog ihn in eine dunkle Einfahrt. Sein Gesicht war kreidebleich. Die Wunde an seiner Seite – entzündet. Fieber.

„Scheiße, Leo", flüsterte sie, während sie seine Jacke öffnete. Das Gewebe um die Wunde war gerötet, heiß – die Kugel hatte Schmutz und Dreck mit in die Haut gerissen. Er war verdammt nah dran, an einer Blutvergiftung zu sterben.

Klara ballte die Fäuste. Sie brauchten Hilfe. Aber nicht von irgendwem. Von einem alten Feind.

Klara zog ihr Handy hervor. Nur eine einzige Nummer kam in Frage.

Ilja Romanov. Ehemaliger FSB-Schattenagent.

Ein Bastard, dem man nicht vertrauen konnte – aber der wusste, wie man Wunden versorgte und untertauchte. Und der ihr noch etwas schuldete.

Sie wählte. Drei Töne. Dann nahm jemand ab.

Stille. Dann ein leises, amüsiertes Lachen.

„Klara... du bist spät dran."

13.3. Iljas Rückkehr

Berlin – Ein Deal mit dem Teufel

Die Luft im verlassenen Lagerhaus war stickig, schwer von altem Staub und Öl. Klara stand mit verschränkten Armen an einer rostigen Metallstrebe, ihre Augen waren auf die dunkle Gestalt gerichtet, die sich vor ihr aus dem Schatten löste.

Ilja Romanov.

Lässig, mit seinem üblichen sarkastischen Grinsen, das den Wahnsinn in seinen Augen nicht ganz verdecken konnte. Ein Mann, der schon viele Leben genommen hatte – und ebenso viele gerettet. Klara hatte ihn gehasst, ihn gejagt – und ihn jetzt selbst angerufen. Weil sie keine andere Wahl hatte.

Leo lag auf einer alten Matratze in der Ecke, sein Gesicht schweißbedeckt, seine Atmung unregelmäßig. Er hatte vielleicht noch Stunden, wenn sie nichts unternahmen.

Ilja musterte ihn mit einem schiefen Lächeln. „Scheiße, Hartmann, du siehst aus, als hättest du dich mit einem Bären geprügelt."

Leo hustete trocken. „Fühlt sich auch so an."

Ilja zog eine Spritze aus der Tasche, wirbelte sie mit zwei Fingern. „Tja, Glück für dich – ich habe einen verdammten Dschungel-Apothekenschrank dabei."

Er ließ sich auf die Knie nieder, zog ein kleines Fläschchen auf und injizierte Leo eine klare Flüssigkeit in den Arm.

„Was zur Hölle ist das?" fragte Klara misstrauisch.

Ilja zwinkerte. „Antibiotikum. Schmerzmittel. Ein bisschen russische Magie."

Leo stöhnte leise. Er sank zurück, aber sein Atem wurde ruhiger. Ilja hatte Wort gehalten. Doch Klara wusste, dass er nicht aus reiner Nächstenliebe half. Er wollte etwas.

Ilja lehnte sich gegen einen alten Schreibtisch und sah Klara mit hochgezogener Augenbraue an.

„Also, Klara… du rufst mich an, weil du mich brauchst. Ich helfe dir. Und jetzt stelle ich die Bedingungen."

Klara funkelte ihn an. „Du hilfst nicht umsonst."

„Natürlich nicht." Er lachte. „Aber heute hast du Glück – ich will kein Geld. Ich will, dass wir Weber erledigen."

Leo öffnete schwach ein Auge. „Und warum, zum Teufel, willst du das?"

Iljas Blick wurde eiskalt. „Weil Weber mich auch töten will."

Stille.

Klara schürzte die Lippen. „Du hast Infos über ihn."

„Mehr als das", erwiderte Ilja. „Ich weiß, was sein nächster Schritt ist."

Ilja zog ein altes Nokia-Handy aus seiner Tasche, klickte durch ein paar Nachrichten und hielt es Klara hin.

„Das ist ein abgefangener Funkspruch von Webers Leuten. Es geht nicht mehr nur um Chaos. Er will ein verdammtes Attentat."

Leo richtete sich schwerfällig auf. „Wen will er umbringen?"

Ilja sah ihn lange an. Dann sagte er ein einziges Wort:

„Den Kanzler."

Klara fühlte, wie ihr Herzschlag beschleunigte. Weber wollte das System nicht nur destabilisieren – er wollte es mit Blut überschütten.

„Wann?" fragte sie.

„Bald", antwortete Ilja. „Und wenn wir ihn nicht vorher finden, wird es keine Regierung mehr geben, die ihn jagen kann."

Klara schloss kurz die Augen. Das war es also. Ein Anschlag, so groß, dass die Welt danach eine andere wäre.

Leo atmete schwer. „Und du willst mit uns arbeiten, um das zu verhindern?"

Ilja zuckte mit den Schultern. „Sagen wir es so – wenn Weber gewinnt, bin ich tot. Ihr seid tot. Und Deutschland brennt."

Dann lächelte er schief. „Und ich hasse es, zu verlieren."

13.4. Eine letzte Hoffnung

Das Licht einer flackernden Neonröhre tauchte das Lagerhaus in gespenstische Schatten.

Klara stand mit verschränkten Armen vor Ilja, während Leo auf einer alten Werkbank saß und versuchte, seinen fiebernden Körper im Griff zu behalten.

Die Worte hallten in Klaras Kopf nach:

„Der Kanzler ist das Ziel."

Wenn Weber das durchzog, würde ganz Deutschland brennen. Das hier war kein Spiel mehr.

Ilja grinste schief. „Ihr seht aus, als hättet ihr gerade eure eigenen Grabsteine bestellt."

Klara ignorierte ihn. „Du sagtest, du hast jemanden, der Beweise gegen Weber hat."

Ilja ließ das Lächeln langsam verschwinden. „Habe ich."

„Wer?"

Er zog eine Zigarettenschachtel aus der Tasche, klopfte eine heraus, drehte sie langsam zwischen den Fingern. Dann sagte er einen Namen.

„Michael Reese."

Stille.

Leo runzelte die Stirn. „Reese? Der CIA-Typ, der vor Jahren von der Bildfläche verschwunden ist?"

„Genau der." Ilja zündete die Zigarette an. „Er lebt. Und er hat die Infos, die wir brauchen."

Klara atmete tief durch. „Wo ist er?"

Iljas Blick wurde kälter. „Er will sich treffen. Aber nur unter einer Bedingung."

„Reese ist paranoid", erklärte Ilja. „Und er hat verdammt gute Gründe dafür. Er war Webers CIA-Kontakt in den frühen 2000ern, hat schmutzige Deals für ihn abgewickelt – Waffen, Geld, Informationen. Aber irgendwann wurde ihm klar, dass Weber nicht nur ein skrupelloser Bastard ist, sondern dass er einen Plan hat. Einen Plan, der Jahrzehnte braucht."

Leo lehnte sich nach vorne, seine Stimme rau. „Und jetzt will er reden?"

Ilja nickte langsam. „Ja. Aber nur, wenn wir garantieren, dass er danach untertauchen kann.

Klara kniff die Augen zusammen. „Und warum bist du so sicher, dass er uns nicht verrät?"

Ilja zog an seiner Zigarette, ließ den Rauch langsam ausströmen. „Weil Reese nicht mehr lange zu leben hat."

Leo blinzelte. „Was?"

„Krebs. Stadium vier. Noch ein paar Monate, vielleicht weniger. Er will gehen, aber nicht, bevor er ein paar alte Schulden beglichen hat."

Klara dachte nach. Ein sterbender Mann hatte nichts mehr zu verlieren. Aber was, wenn das genau das war, was ihn so gefährlich machte?

„Wo ist er?" fragte Klara schließlich.

Ilja schnippte die Asche seiner Zigarette ab.

„In einem alten Nachtclub in Neukölln."

Leo verzog das Gesicht. „Sag mir nicht, du meinst den 'Inferno'."

Ilja grinste. „Doch. Und das Timing könnte nicht schlechter sein."

Klara schnaubte. Der Inferno-Club war kein gewöhnlicher Laden.

- Es war ein Treffpunkt für Ex-Söldner, Drogenbosse, Waffenhändler.

- Ein Ort, an dem Geheimnisse verkauft wurden – oder mit einer Kugel endeten.

- Und Reese hatte sich genau dort verschanzt.

„Wir haben keine Wahl", murmelte Klara. „Wenn Reese Beweise gegen Weber hat, dann holen wir sie uns."

Leo sah auf die Uhr. „Aber das Attentat... wir wissen nicht, wann es stattfindet."

Ilja drückte die Zigarette aus. „Dann sollten wir verdammt schnell sein."

14. Der letzte Pakt

14.1. Verhandlung mit einem Verräter

Neukölln – Der Club der Verdammten

Berlin flimmerte in der Nacht wie ein unruhiges Biest, Straßenlaternen warfen kaltes Licht auf die dunklen Gassen Neuköllns. Die Luft roch nach billigem Bier, verbranntem Gummi und abgestandener Angst.

Das „Inferno" war kein Club. Es war ein verdammtes Kriegsgebiet.

Von außen sah es aus wie ein verfallenes Lagerhaus, ein dreistöckiger Betonklotz mit vernagelten Fenstern und einer einzigen, unauffälligen Tür. Kein Schild, keine Werbung. Jeder, der herkam, wusste, was er suchte.

Drinnen? Drogenhändler, Ex-Söldner, Waffenhändler – und Männer wie Michael Reese.

Ilja, Klara und Leo standen im Schatten einer Seitengasse und betrachteten den Eingang. Leo war blass, seine Hand hielt seine Wunde, doch er stand aufrecht. Hartnäckig, wie immer.

Ilja grinste. „Dachte nicht, dass wir hier mal zusammen auflaufen. Nostalgisch, oder?"

Klara ignorierte ihn. Sie hatte nur eine Frage:

„Wie sicher bist du, dass Reese nicht lügt?"

Ilja zuckte die Schultern. „So sicher, wie man einem Mann trauen kann, der morgen tot ist."

Dann trat er als Erster durch die Tür. Drinnen war es dunkel. Der Club war gefüllt mit Stimmen, Gelächter, das nie ganz echt klang. Die Musik war tief und dröhnend, die Luft war schwer von Rauch und Schweiß.

Klara spürte die Blicke. Man sah sie. Aber niemand griff ein. Noch nicht.

Ilja führte sie durch den stickigen Raum, vorbei an einem Tisch voller Männer, die mit Geldscheinen Poker spielten, einer Frau, die an der Bar mit einem Typen flüsterte, dessen Jacke eine bulgarische Flagge zeigte.

Dann blieben sie stehen. Michael Reese saß in einer dunklen Ecke, ein Glas Whiskey vor sich, die Augen müde. Er sah aus wie ein Mann, der schon halb im Grab lag. Seine Haut war aschfahl, sein Blick scharf. Ein Wolf, der wusste, dass er bald fällt. Klara zog einen Stuhl zurück, setzte sich ihm gegenüber.

„Michael Reese."

Er sah sie an. Dann lachte er. „Scheiße. Ilja hat wirklich euch mitgebracht."

„Ihr wollt Beweise gegen Weber." Reese nahm einen Schluck Whiskey, seine Finger zitterten leicht. „Ich habe sie."

Leo beugte sich vor, seine Stimme heiser. „Dann rück sie raus."

Reese grinste. „Nicht so schnell."

Klara schnaubte. „Natürlich nicht."

Reese lehnte sich zurück. „Ich bin so gut wie tot, und das wissen wir alle. Aber bevor es so weit ist, will ich sicherstellen, dass das, was ich weiß, nicht mit mir begraben wird."

Ilja grinste. „Du willst was im Austausch."

Reese sah ihn scharf an. „Ich will eine Garantie."

„Für was?" fragte Klara.

„Dass ihr Weber erledigt."

Leo hob eine Braue. „Das war sowieso der Plan."

Reese musterte sie. „Dann lasst mich euch etwas sagen, was ihr noch nicht wisst."

Er lehnte sich vor, seine Stimme wurde leiser.

„Weber ist nicht allein."

Klara fühlte, wie die Luft in ihrer Lunge schwerer wurde.

„Wie meinst du das?"

Reese rieb sich müde die Augen. „Ihr dachtet, er sei ein Einzeltäter? Ein verrückter Stratege mit zu viel Macht? Bullshit."

Er nahm einen tiefen Atemzug.

„Weber arbeitet mit Männern aus der internationalen Politik. Er ist Teil von etwas Größerem. Und ihr seid nicht mal nah dran, das Ganze zu verstehen."

Stille. Dann Leo: „Wer genau?"

Reese schüttelte den Kopf. „Das ist das Problem. Ich habe die Namen. Aber ich habe auch Feinde. Er holte eine kleine, schwarze Festplatte aus der Jackentasche und legte sie auf den Tisch.

„Hier drauf sind alle Informationen. Aber ihr müsst es entschlüsseln."

Ilja griff danach – doch Reese legte die Hand darauf.

„Nicht so schnell, Bratva."

Klara funkelte ihn an. „Was willst du noch?"

Reese sah sie lange an. Dann sagte er leise:

„Ich will, dass ihr mich da rausholt. Sonst sterbe ich heute Nacht."

Und dann starb er doch.

Der erste Schuss war fast lautlos. Ein dumpfes Zischen, ein Spritzer Blut. Reese erstarrte. Sein Glas rutschte aus seiner Hand, fiel klirrend zu Boden. Dann sackte er zusammen.

Klara sprang auf. „ACHTUNG SNIPER!"

Chaos. Die Fenster zerbarsten, Kugeln jagten durch die Luft. Menschen schrien, stürzten zu Boden, rannten um ihr Leben.

Ilja riss die Festplatte an sich. „RAUS!"

Klara zog ihre Waffe, feuerte blind in Richtung des Schützen. Leo stolperte, riss einen Tisch um als Deckung. Drei maskierte Männer stürmten durch den Hintereingang.

„Los, LOS!" brüllte Ilja.

Der Club wurde zu einem Schlachtfeld.

Klara rannte, ihr Herz hämmerte in ihrer Brust. Die Tür flog auf, kalte Berliner Nachtluft schlug ihnen entgegen. Leo war dicht hinter ihr, blutverschmiert, aber am Leben. Ilja feuerte einen letzten Schuss nach hinten, dann sprintete er neben sie. Sie tauchten in die dunklen Gassen ab.

Klara wusste, dass sie verfolgt wurden. Aber sie wusste auch eines: Sie hatten die Festplatte.

14.2. Das Attentat ist real

Die Berliner Nacht war kalt und feucht, das Adrenalin fraß sich wie Feuer durch Klaras Venen.

Sie hatten die Festplatte. Reese war tot. Er hatte sein letztes Spiel gespielt, sein letzter Zug war gemacht. Doch was immer auf diesem Ding gespeichert war – es war so gefährlich, dass jemand bereit gewesen war, ihn mitten in einem vollbesetzten Club zu erschießen. Leo humpelte neben ihr durch die dunklen Straßen. Er hielt seine Wunde, keuchte schwer.

Ilja lief voraus, blickte sich immer wieder um. „Ihr merkt schon, dass wir verdammte Zielscheiben sind, oder?"

„Ja", zischte Klara, während sie sich durch eine enge Gasse drückte. „Deshalb hör auf zu labern und beweg dich."

Sie brauchten einen Ort, um die Festplatte zu entschlüsseln. Jetzt.

Ilja führte sie zu einer alten Tiefgarage. Verlassen, dreckig, nach Urin stinkend – aber abgeschottet von Kameras.

„Hier?" fragte Leo misstrauisch.

Ilja grinste. „Was hast du erwartet? Ein verdammtes Luxushotel?"

Klara zog einen Laptop aus ihrem Rucksack, schloss die Festplatte an. Das kleine Display flackerte. Ein einziger verschlüsselter Ordner.

Dateiname: „Aquila 17"

Klara tippte, versuchte, den Ordner zu knacken. Verschlüsselung auf Militärniveau.

„Verdammt. Das ist keine normale Datei. Wir brauchen mehr Zeit."

Ilja zückte eine kleine Hardware-Einheit, steckte sie an den Laptop. „Ich kann's versuchen. Gebt mir zehn Minuten."

Leo kniff die Augen zusammen. „Zehn Minuten? Wir haben vielleicht nicht mal zehn Sekunden."

Und genau in diesem Moment – Ein Geräusch.

Stille.

Dann – Das metallische Klacken eines Repetiermechanismus.

„OH SHIT!" Ilja riss den Laptop hoch, doch es war zu spät.

Drei Männer bewegten sich durch die Tiefgarage. Schwarz gekleidet. Masken. Profis.

„Wie haben die uns gefunden?" flüsterte Leo.

Klara starrte auf den Laptop. Verdammt. Die Festplatte hatte ein Tracking-Signal. Sie waren hergekommen, um das Ding zurückzuholen. Der erste Schuss fiel.

Kugeln fetzten Betonstücke aus den Wänden. Die Luft roch nach verbranntem Schießpulver, Metall und Tod.

Klara warf sich hinter einen alten Lieferwagen, zog ihre Waffe. „RUNTER!"

Leo schoss aus der Deckung heraus – eine Kugel traf einen der Angreifer in den Hals. Er sackte röchelnd zu Boden. Ilja feuerte drei schnelle Salven in Richtung des zweiten Mannes. Der Kerl taumelte, fiel auf die Knie – aber er war nicht tot.

Dann kam der Dritte. Ilja hatte ihn nicht gesehen.

Ein Schatten glitt lautlos hinter ihn, ein langes, gekrümmtes Messer in der Hand.

„ILJA!" brüllte Klara.

Zu spät.

Der Kerl rammte die Klinge mit voller Wucht in Iljas Seite. Ilja keuchte, stolperte, fiel auf die Knie. Klara riss ihre Waffe hoch – ein Schuss, zwei, drei. Der Killer zuckte, sackte tot zu Boden. Ilja stöhnte, presste die Hand auf seine Wunde.

„FUCK!"

Leo humpelte zu ihm. „Kannst du stehen?"

Ilja spuckte Blut. „Kann ich sterben, wenn ich's nicht tue?"

Klara packte ihn, zog ihn hoch. „Hör auf zu labern, wir müssen weg!"

Leo schnappte sich den Laptop.

Das Entschlüsselungsprogramm war auf 83%.

„Beeil dich, beeil dich..." murmelte er, während er durch die letzte Firewall ging.

Dann – Die Datei öffnete sich.

Klara starrte auf den Bildschirm. Und ihr Herz raste.

Das Attentat. Der Plan. Die Wahrheit:

- Ein Zeitstempel: Morgen, 11:00 Uhr.
- Ein Ort: Das Berliner Regierungsviertel.
- Ein Ziel: Der Kanzler.

Klara fühlte, wie die Welt sich für eine Sekunde in einen Albtraum verwandelte.

„Wir sind zu spät."

14.3. Die letzte Spur

Klara starrte auf den Bildschirm des Laptops, während das grelle Licht der verschlüsselten Datei die Dunkelheit der Tiefgarage zerriss.

Ziel: Glienicker Brücke.

Uhrzeit: 11:00 Uhr.

Methode: Direkte Eliminierung eines hochrangigen politischen Ziels. Inszeniert als russischer Angriff.

Ihr Magen zog sich zusammen.

„Scheiße", hauchte Leo. „Das ist nicht einfach ein Attentat. Das ist eine verdammte Kriegserklärung."

Klara wusste es. Weber wollte nicht nur den Kanzler töten. Er wollte eine Eskalation, eine Lüge so groß, dass sie eine ganze Nation in den Abgrund reißen konnte. Ein „russischer Angriff" auf deutschem Boden – an der Glienicker Brücke, DEM historischen Symbol des Kalten Krieges.

Wenn das gelang... Deutschland würde in Flammen stehen. Und die Zeit lief ab.

Ilja lag gegen eine Betonwand gelehnt, sein Hemd nass von dunklem Blut, seine Lippen aschfahl.

Leo kniete neben ihm, sein Gesicht angespannt. „Er muss in ein Krankenhaus."

Klara schüttelte den Kopf. „Wir können nicht. Die halbe Stadt sucht uns."

Ilja hustete, lachte heiser. „Ach, Klara... ich wusste, dass du mich irgendwann verrecken lässt."

Klara packte seinen Kragen und zog ihn näher. „Noch bist du nicht tot, also reiß dich zusammen."

Ilja spuckte Blut, grinste. „Weber weiß, dass ihr kommt. Er hat alles vorbereitet. Ihr rennt in eine Falle."

Leo funkelte ihn an. „Dann sag uns, was uns erwartet."

„Ein Massaker", murmelte Ilja. „Er wird den Anschlag durchziehen, egal was passiert."

Klara ballte die Fäuste. „Nicht, wenn wir ihn zuerst finden."

Sie verließen die Tiefgarage über einen Hinterausgang. Die Straßen waren ruhig. Zu ruhig. Überall Polizeikontrollen. Jedes zweite Gebäude hatte eine Streife davor. Weber hatte alles unter Kontrolle. Und sie waren immer noch die Gejagten. Klara zog Leo in eine dunkle Seitengasse, während zwei Polizisten an ihnen vorbeigingen.

„Verdammt", flüsterte Leo. „Wie zur Hölle kommen wir zur Brücke, ohne erschossen zu werden?"

Ilja lehnte sich schwer atmend gegen eine Wand. „Ich habe da eine Idee."

Ilja drückte Klara ein altes Handy in die Hand. „In meinem Auto – Parkplatz Fischerinsel – sind zwei BND-Pässe. Gestohlen, aber gut genug, um euch an jeder Kontrolle vorbeizubringen."

Leo starrte ihn an. „Du hast BND-Pässe?"

Ilja grinste schwach. „Ich habe alles, was man für ein gutes Chaos braucht."

Klara nahm das Handy. „Und was ist mit dir?"

Ilja hustete. „Ich werde mich um meine eigene Haut kümmern."

Leo wollte widersprechen, doch Klara schnitt ihm mit einem Blick das Wort ab.

„Wir haben keine Zeit."

Sie packte Leo, zog ihn mit sich.

„Ilja..." Leo hielt einen Moment inne. „Bleib am Leben, du Mistkerl."

Ilja lachte schwach. „Mach's mir nicht so schwer, Hartmann."

Dann verschwanden Klara und Leo in der Nacht.

Die Jagd zur Brücke – Sekunden zählen.

Fischerinsel war ein Drecksloch – perfekt für Leute wie Ilja, die im Schatten lebten. Klara und Leo fanden den Wagen – einen unauffälligen schwarzen Audi mit falschen Nummernschildern. Drinnen: Zwei BND-Ausweise, neue Klamotten, eine Pistole mit Schalldämpfer.

Leo schnappte sich die Waffe. „Wir sind offiziell Spione, oder?"

Klara startete den Wagen. „Wir sind tot, wenn wir es nicht sind."

Sie traten das Gaspedal durch – die Glienicker Brücke war ihr nächstes Ziel.

Weber stand in einem dunklen Raum, sein Blick auf die Monitore gerichtet. Überwachungskameras. Polizeifunk. Alles unter seiner Kontrolle. Er wusste, dass Klara und Leo unterwegs waren. Er hatte darauf gewartet.

Ein Schatten trat neben ihn. Ein Mann in einem dunklen Anzug, emotionslose Augen.

„Voigt und Hartmann sind auf dem Weg zur Brücke."

Weber nickte langsam.

„Perfekt."

Dann wandte er sich dem Tisch zu, auf dem eine kleine schwarze Box lag. Darin: Der Zünder.

Sein Finger strich langsam darüber.

„Lasst sie kommen."

14.4. Der Marsch in den Tod

Der schwarze Audi schoss durch die regennassen Straßen, die Scheinwerfer zerschnitten die Dunkelheit. Klara saß am Steuer, die Finger um das Lenkrad gekrallt, während Leo auf dem Beifahrersitz saß, eine Hand auf der Waffe, die andere auf seiner Wunde.

Hinter ihnen lag die Stadt – ein Chaos aus Lügen, Blut und Jagd.

Vor ihnen lag der Tod. Die Glienicker Brücke. Der Ort, an dem alles begann. Und an dem es nun enden würde.

Leo atmete schwer. „Sag mir, dass wir eine Chance haben."

Klara blickte ihn an, ihre Augen leer. „Hör auf, nach Lügen zu fragen."

Leo lachte trocken. „Okay. Dann sag mir wenigstens, dass wir sie mitnehmen, bevor wir draufgehen."

Klara drückte das Gaspedal durch. „Das verspreche ich dir."

Sie hielten den Wagen auf einem alten Parkplatz, etwa 500 Meter von der Brücke entfernt.

Leo griff in die Tasche unter dem Sitz, zog zwei schallgedämpfte Pistolen hervor. Er lud sie durch, ein mechanisches Klicken hallte durch den stillen Wagen.

„Ein letztes Mal?" fragte er.

Klara nahm die zweite Waffe. „Bis zum bitteren Ende."

Iljas Stimme hallte in ihrem Kopf.

„Weber weiß, dass ihr kommt. Ihr rennt in eine Falle."

Aber was war die Alternative? Sich verstecken? Zusehen, wie Weber sein Spiel gewinnt? Nein.

Sie gingen in den Tod – aber sie gingen kämpfend.

Klara und Leo bewegten sich durch die Dunkelheit, ihre Schritte lautlos. Jeder Meter war ein Schritt auf eine Guillotine zu. Die Brücke lag vor ihnen, von Straßenlaternen gespenstisch beleuchtet.

Kein Mensch zu sehen. Kein einziger Wagen. Zu ruhig.

Leo flüsterte: „Das ist falsch."

Klara nickte. „Sie warten. Sie haben uns erwartet."

Ein eiskalter Wind wehte von der Havel her.

Leo drehte sich langsam im Kreis, suchte die Schatten ab. „Wo sind sie?"

Dann – Ein kurzes, leises Knacken im Ohrhörer. Webers Stimme.

„Ihr seid spät dran."

Plötzlich – Licht. Überall.

Dutzende Scheinwerfer sprangen an, blendeten sie von allen Seiten.

Von den Dächern. Von den Böschungen. Von der Brücke selbst.

Leo riss seine Waffe hoch. „ACHTUNG!"

Dann kamen die Männer. Schwarz gekleidet. Maskiert. Mindestens zwanzig. Vielleicht mehr. Und in ihrer Mitte: Weber.

Klara presste die Zähne zusammen. Endlich. Weber trat vor. Schwarz gekleidet, ein teuflisches Grinsen auf den Lippen.

„Ich wusste, dass ihr kommen würdet."

Seine Stimme war ruhig. Zu ruhig. Er blickte auf seine Uhr.

„Ihr habt noch genau drei Minuten, bevor sich alles ändert."

Klara spürte, wie ihr Herzschlag in den Ohren pochte. Drei Minuten, bis was passiert? Dann fiel ihr Blick auf Webers Hand. Und auf das kleine schwarze Gerät darin.

Ein Zünder.

Die Brücke war eine Bombe.

15. Angriff auf das Zentrum

15.1. Die Falle schnappt zu

Das Licht der Scheinwerfer brannte wie tausend heiße Nadeln in Klaras Augen. Die Glienicker Brücke war kein historischer Ort mehr – sie war ein verdammtes Exekutionsfeld.

Leo kniff die Augen zusammen, sein Blick sprang von Schatten zu Schatten. Bewaffnete Männer überall. Sie waren gefangen.

Weber stand in der Mitte der Brücke, das schwarze Gerät in der Hand, ein höhnisches Lächeln auf den Lippen.

Der Zünder. Er hatte eine Bombe gelegt. Und sie standen mitten drauf.

„Tja, Klara…" Webers Stimme war ruhig, fast amüsiert. „Ihr hättet einfach verschwinden können."

Klara hob die Waffe, zielte auf ihn. „Und dich gewinnen lassen? Vergiss es."

Weber schüttelte langsam den Kopf. „Ihr versteht es immer noch nicht."

Sein Daumen glitt über den Zünder.

„Es geht nicht um mich."

Dann – Das erste Feuer erwachte.

Schüsse. Explosionen.

Kugeln, die den Asphalt zerfetzten, Funken, die durch die Nacht jagten.

Der erste Mann fiel – ein gezielter Schuss durch den Hals. Blut spritzte in die Dunkelheit.

Klara und Leo warfen sich hinter eine der massiven Stahlstreben der Brücke. Splitter flogen, das Echo der Schüsse ließ den Boden erbeben.

„SHIT!" brüllte Leo, als eine Kugel so dicht an seinem Kopf vorbeirauschte, dass er den Luftdruck spürte.

Weber trat zurück, beobachtete das Chaos mit dem Gesichtsausdruck eines Schachspielers, der nur noch auf den letzten Zug wartete. Seine Männer kämpften. Aber er nicht. Er hatte etwas vor. Und das war noch schlimmer als alles, was bisher passiert war.

Klara schoss zurück. Einer der Männer taumelte, sein Brustkorb explodierte in einer roten Wolke.

Leo packte einen toten Gegner, riss ihm das Sturmgewehr aus den Fingern, lud durch – und eröffnete das Feuer in Richtung der maskierten Killer. Die Brücke verwandelte sich in ein Inferno.

Die Schreie der Verwundeten hallten zwischen den Stahlträgern wider, Blutspritzer bedeckten das Kopfsteinpflaster. Ein Gegner sprang über die Absperrung, eine Maschinenpistole im Anschlag – Klara warf sich zur Seite, feuerte im Fallen.

Treffer. Der Kerl sackte zusammen, das Gewehr noch immer im Griff, als sein Körper über die Brüstung in die dunklen Fluten der Havel fiel.

Leo keuchte und presste eine Hand auf die blutende Wunde an seinem Arm. „Wir müssen Weber kriegen, VERDAMMT!"

Klara knurrte. „Dann los."

Weber stand auf der Mitte der Brücke, umgeben von Rauch, Funken und Blut. Er lächelte. Dann hob er den Zünder.

„Ihr verliert."

Er drückte den Knopf. Ein leises, mechanisches Geräusch.

Nichts. Sein Gesicht veränderte sich für eine Sekunde.

Dann – Ein Schuss peitschte durch die Nacht. Weber taumelte, ein rotes Loch direkt unterhalb seiner Schulter. Er keuchte, stolperte, ließ den Zünder fallen. Leo stand zehn Meter entfernt, das Sturmgewehr noch immer im Anschlag, Rauch kräuselte sich aus dem Lauf.

„Jetzt sind wir dran, du Arschloch."

Weber grinste. Trotz allem. Trotz der Wunde. Dann zog er eine Waffe – und die Hölle brach erneut los.

15.2. Das letzte Duell

Die Luft war dick von Schießpulver und Blut. Überall verstreut lagen Webers Männer – reglos auf dem nassen Pflaster, ihre Körper kalt, die Waffen aus den leblosen Fingern gerutscht. Rauch hing zwischen den massiven Stahlträgern der Glienicker Brücke, beleuchtet von flackernden Straßenlaternen, die das Chaos in ein gespenstisches Licht tauchten.

Und mittendrin: Klara. Ihre Brust hob und senkte sich schwer, der Lauf ihrer Pistole rauchte noch. Sie war am Limit – aber sie lebte.

Weber stand nur zehn Meter entfernt. Er blutete. Leo hatte ihn getroffen – ein klaffendes Loch in der Schulter, dunkles Rot auf seinem schwarzen Mantel. Doch sein Gesicht zeigte keine Spur von Schmerz.

Nur dieses Lächeln. Berechnend. Überheblich. Ein Mann, der noch immer glaubte, dass er die Kontrolle hatte.

Er sah Klara direkt in die Augen. „Na los, Voigt. Bring es zu Ende."

Hinter ihr stolperte Leo.

Sein Körper zitterte, das Blut an seiner Seite klebte inzwischen an seinem Hemd, seine Haut war zu blass.

„Verdammt...", murmelte er, während er sich mit letzter Kraft gegen eine der Stahlstreben lehnte. Sein Blick war verschwommen.

Er konnte nicht mehr. Weber sah kurz zu ihm, dann zurück zu Klara.

Er lachte. „Ich hoffe, du hast ein letztes Abschiedswort für deinen Freund."

Klara spannte die Kiefermuskeln. „Wenn du ihn noch einmal ansiehst, schieße ich dir ins Gesicht."

Weber grinste. „Oh, Klara. Du bist wirklich eine andere geworden. Ich erinnere mich an die Zeit, als du noch geglaubt hast, dass du etwas anderes bist als ich."

Er trat einen Schritt nach vorne.

„Aber du bist genau wie ich."

„Erinnerst du dich an Moskau?" Webers Stimme war ruhig. „Als ich dir sagte, dass Menschen wie wir nicht leben, sondern einfach nur überleben?"

Klara sagte nichts.

„Ich wusste damals schon, dass du irgendwann an diesem Punkt landen würdest." Weber spreizte die Arme, als würde er sie einladen, ihn zu erschießen. „Mit einer Waffe in der Hand, über den Leichen derer, die sich dir in den Weg stellten. Und weißt du was?"

Er neigte leicht den Kopf, musterte sie mit einem Blick, der nichts als schwarze Leere war.

„Du hast es genossen."

Etwas in Klara zuckte. Weber sah es.

Und er lächelte. „Da ist es. Das Feuer."

Er machte einen weiteren Schritt auf sie zu.

„Du bist kein Held, Klara. Du bist nur ein besseres Monster."

Hinter Klara stöhnte Leo.

„Klara...", seine Stimme war nur ein Hauch.

Doch sie hörte ihn nicht. Alles verschwand. Die Schreie. Der Regen. Das Blut.

Nur sie und Weber. Und die Waffe in ihrer Hand.

Dann fiel der erste Schuss.

15.3. Die Entscheidung

Der Schuss hallte über die Glienicker Brücke, donnerte durch die Nacht wie das letzte Echo eines längst verlorenen Krieges. Klara spürte den Rückstoß ihrer Waffe, das Zittern in ihren Armen, das Brennen in ihrer Brust.

Doch Weber stand noch. Blut tropfte von seinen Lippen, sein rechter Arm hing schlaff, eine Kugel hatte ihn an der Schulter erwischt. Aber sein Lächeln war nicht verschwunden. Langsam hob er den Kopf. Sein Blick war ruhig, fast... zufrieden.

„War das alles?" murmelte er.

Klara knirschte mit den Zähnen. Ihr Herz raste. Noch eine Kugel. Nur eine einzige Kugel – und es wäre vorbei. Ihre Finger spannten sich um den Abzug.

Weber machte einen schwankenden Schritt nach vorne. Trotz der Wunde. Trotz des Blutes.

„Na los", raunte er.

„Bring es zu Ende."

Klara atmete schwer. Ihr ganzer Körper zitterte. Sie hatte es schon einmal getan. Sie hatte getötet. Sie hatte gesehen, wie das Licht in den Augen eines Menschen erlosch, hatte gespürt, wie der Moment eines Lebens endete – abrupt, unwiderruflich. Sie hatte gelernt, dass manche Menschen es verdienten.

Und Weber… Er verdiente es.

Und doch – Irgendetwas hielt sie zurück.

Leo lag blutend neben ihr, keuchend, seine Wunden klaffend. Er brauchte sie jetzt. Weber war besiegt. Aber war er wirklich besiegt, solange er noch atmete?

Weber grinste schief. „Du zögerst. Ich wusste es."

Sein Blick wurde stechend.

„Weißt du, warum? Weil du immer noch denkst, dass du besser bist als ich."

Klara atmete durch die Nase aus. Er spielte mit ihr. Versuchte, ihr Gewissen gegen sie zu wenden. Doch sie kannte ihn zu gut. Sie wusste, was Männer wie Weber am meisten fürchteten.

Nicht den Tod. Sondern den Kontrollverlust.

Ein Geräusch. Ein KLICK.

Klara fuhr herum – ein weiterer Mann, verborgen im Schatten der Brücke, hatte seine Waffe gehoben.

Der wahre Attentäter.

Nicht Weber. Einer von seinen Männern – bereit, den Plan auszuführen, den sie zu verhindern glaubten. Zu spät. Seine Finger krümmten sich um den Abzug.

Klara hatte nur eine Sekunde. Nur eine Wahl. Ihr Körper handelte schneller als ihr Verstand. Sie drückte ab. Zwei Schüsse.

Der Attentäter zuckte zusammen. Eine Kugel direkt in die Brust, eine zweite in den Hals. Er fiel, sein Körper schlaff, die Waffe fiel klappernd auf den Boden.

Klara hatte ihn gestoppt. Aber war es rechtzeitig? Sie wirbelte herum – suchte nach Leo, nach der Bombe, nach Weber. Die Welt war Chaos. Blut, Rauch, das Echo der Schüsse, das nie ganz verklang.

Und dann – Ein leises Piepen. Ein leises, mechanisches Geräusch. Und Klaras Herz blieb fast stehen.

Weber kicherte. Ein schmutziges, halb ersticktes Lachen. Er saß auf den Knien, den Zünder in seiner Hand.

Klara zielte auf ihn. „Was hast du getan?!"

Weber hustete Blut, sah zu ihr auf – und lächelte.

„Die Frage ist nicht, was ich getan habe."

Seine Finger spannten sich um den Knopf.

„Sondern was du bereit bist zu tun, um es zu stoppen."

Klara spürte, wie ihr Finger um den Abzug zuckte. Eine letzte Kugel. Nur eine Entscheidung.

15.4. Die Brücke bricht auseinander

Das leise Piepen hallte wie ein Herzschlag über die Glienicker Brücke. Ein monotoner, digitaler Rhythmus – der Countdown einer Bombe, die jeden Moment die Welt verschlingen konnte.

Weber kniete auf dem kalten Boden, seine Kleidung mit Blut getränkt, das Gesicht zu einem letzten, triumphierenden Grinsen verzogen. Seine Finger umklammerten den Zünder, als wäre er sein Lebenswerk, sein Meisterstück.

„Hast du es immer noch nicht begriffen, Klara?" Er hustete Blut, sein Atem flach, aber sein Blick voller Wahnsinn. „Das hier endet nicht mit einem Schuss. Es endet mit einer Idee."

Er drückte den Knopf. Ein scharfes, hohles KLICK. Für eine Sekunde herrschte absolute Stille. Dann brach die Hölle los.

BOOM!

Ein donnernder Einschlag, tief und dumpf, ließ den Boden erbeben.

Die erste Explosion jagte durch die Nordseite der Brücke, riss eine massive Stahlverstrebung auseinander. Metall splitterte in die Luft, zerfetzte Körper, schleuderte Trümmer durch die Nacht.

Klara spürte, wie der Boden unter ihr bebte, fühlte den Druck der Detonation wie eine unsichtbare Faust gegen ihren Brustkorb. Leo schrie auf, als eine Druckwelle ihn von den Füßen riss. Ein brennendes Fahrzeug – eines von Webers Fluchtwagen – wurde in die Luft geschleudert, überschlug sich, krachte in die Brüstung und stürzte brennend in die dunklen Fluten der Havel.

Die Brücke hielt noch. Aber nicht mehr lange.

Die Explosion hatte nicht nur die Struktur der Brücke zerstört – sie hatte die Regeln geändert.

Kein Taktieren mehr. Keine Deckung mehr. Nur Überleben.

Die wenigen verbliebenen Männer von Weber – die, die nicht sofort von der Detonation erfasst wurden – versuchten, sich zu sammeln.

Doch Klara war schneller. Sie feuerte. Präzise. Brutal. Eiskalt.

Ein Schuss in die Kehle eines Mannes, der sich gerade neu positionieren wollte. Ein zweiter in den Kopf eines weiteren, dessen Waffe noch nicht einmal richtig im Anschlag war.

Leo taumelte, hielt sich an einer Stahlstrebe fest, während er nachlud. Blut tropfte von seiner Stirn – er war verletzt, aber nicht besiegt.

„Klara – DIE ZWEITE BOMBE!" brüllte er durch den Lärm.

Weber hatte mehr als eine gezündet.

Weber lag am Boden, seine Lippen blutverschmiert, aber sein Lächeln ungebrochen.

Klara packte ihn am Kragen, zog ihn hoch, sodass ihre Gesichter nur wenige Zentimeter voneinander entfernt waren.

„DU HAST VERLOREN!" fauchte sie.

Weber hustete. „Habe ich das?"

Dann brach unter ihnen der Boden weg. Ein Riss zog sich durch die Brücke, ein Spalt, der die Struktur langsam in zwei Teile zerriss.

Weber rutschte – Und fiel.

Sein Körper krachte auf einen der unteren Stahlträger, prallte ab – und dann verschwand er in der Dunkelheit. Kein Schrei. Kein letzter Fluch. Nur Leere.

Klara spürte, wie sich ihre Lungen mit Rauch füllten, während sie nach Leo suchte. Wo war er?!

Die zweite Bombe war bereits aktiviert. Die Brücke würde fallen.

Leo hinkte zu ihr, sein Gesicht voller Schmerzen. „Wir müssen SPRINGEN!"

Klara sah sich um. Keine Zeit. Kein Ausweg. Die Brücke erbebte erneut. Metall kreischte, als es nachgab.

Dann sprangen sie. Ein letzter Atemzug. Ein letzter Blick auf das brennende Chaos.

Und dann – nichts als Dunkelheit.

Das Wasser war kalt. Schockierend kalt.

Klara prallte auf die Oberfläche, fühlte, wie ihr Körper in die Tiefe gezogen wurde. Über ihr – eine Flammenhölle. Metallteile stürzten ins Wasser, rauchende Trümmer versanken in der Havel, als die Brücke endgültig kollabierte. Klara trat nach oben, kämpfte sich an die Oberfläche.

„LEO?!"

Ihr Blick huschte über die Wellen. Nichts. Er war nicht da.

Panik griff nach ihr. Ihre Arme rangen gegen die Strömung, während sie nach ihm suchte.

Dann – ein Schatten. Leo. Er trieb, leblos, das Gesicht nach unten.

„NEIN!"

Klara schwamm mit letzter Kraft zu ihm, packte seinen Kragen, zog ihn hoch. Sein Kopf sackte nach hinten. Seine Augen waren geschlossen. Er atmete nicht mehr.

Und in ihrem Kopf war nur ein einziger Gedanke:

Nicht du auch.

16. Berlin in Flammen

16.1. Die Trümmer des Krieges

Klara spürte das Zittern in ihren Muskeln nicht mehr. Nur Kälte. Nur Schmerz. Nur den Geschmack von Blut in ihrem Mund.

Leo trieb reglos in ihren Armen, sein Gesicht bleich, sein Körper zu schwer für das eisige Wasser der Havel. Er atmete nicht. Nicht du auch. Verdammt, Leo. Nicht du auch.

Klara trat mit letzter Kraft gegen die Strömung an, zog ihn an sich, drückte eine Hand auf seine Brust und begann, ihn über die Oberfläche zu schleppen. Sie wusste nicht, ob er noch eine Chance hatte. Aber sie wusste, dass sie ihn nicht loslassen würde.

Hinter ihr – Chaos.

Die Glienicker Brücke brannte nicht mehr, aber sie war verwüstet. Teile der Stahlträger hingen schief über den Fluss, Trümmer trieben wie tote Körper in der Strömung. Rauch stieg in die kalte Morgenluft, der beißende Gestank von verbranntem Metall und Tod hing in der Dunkelheit.

Es war vorbei – und doch war es das nicht.

Ein Scheinwerfer durchbrach die Nacht. Klara drehte den Kopf. Polizeiboote.

Mindestens zwei, vielleicht mehr. Die Suchscheinwerfer jagten über das Wasser, kaltes, blendendes Licht schnitt durch den Nebel, während Stimmen über Funk rauschten.

„Zielperson wurde nicht gefunden – wir sichern das Gebiet."

Klara biss die Zähne zusammen. Sie suchten nicht nach Weber. Sie suchten nach ihr.

Leo war zu schwer. Sie konnte ihn nicht länger im offenen Wasser halten.

Ihre Arme brannten, ihre Rippen schmerzten bei jedem Atemzug. Sie musste an Land – und zwar jetzt. Die Strömung trieb sie ab, das Ufer war nur noch wenige Meter entfernt. Klara konzentrierte sich auf eine dunkle Stelle zwischen den alten Bootsstegen, einem Bereich, den die Scheinwerfer noch nicht erfasst hatten.

Dort.

Mit einem letzten Kraftakt zog sie Leo näher an sich, trat mit aller Kraft gegen die Strömung und erreichte das Ufer. Der Boden war kalt und schlammig, das Wasser zog an ihr, als wollte es sie zurückziehen.

Aber sie ließ sich nicht los. Sie ließ ihn nicht los. Mit zittrigen Armen zog sie Leo aus dem Wasser, wälzte ihn auf den Rücken. Sein Gesicht war aschfahl. Seine Lippen blau. Sein Brustkorb – bewegte sich nicht.

„Nein."

Klara kniete sich über ihn. „Nein, Leo. Nicht jetzt."

Sie drückte beide Hände auf seine Brust, begann mit den Wiederbelebungsversuchen.

Eins. Zwei. Drei. Vier.

„Verdammt, Leo. Atme."

Sie beugte sich vor, blies Luft in seine Lungen, keuchte, als sich nichts regte.

Fünf. Sechs. Sieben. Acht.

Ein Tropfen Wasser rann von ihrem Gesicht auf seine Wange. Ob es Regen oder eine Träne war, wusste sie nicht.

„Du stirbst jetzt nicht, verdammt noch mal!"

Sie schlug ihm mit der Faust gegen die Brust.

Dann – ein Ruck.

Leo keuchte. Hustete. Wasser schoss aus seinem Mund, sein Körper krampfte, er röchelte und rang nach Luft.

Klara fiel fast zurück. Ein Zittern durchlief ihren Körper, als Erleichterung und Panik sich vermischten.

„Du elender Bastard", murmelte sie. „Ich dachte, du hättest es aufgegeben."

Leo blinzelte schwach zu ihr hoch. Seine Stimme war kaum mehr als ein Flüstern.

„Ich wollte... nur mal gucken, ob du mich vermisst."

Sie lachte. Ein ersticktes, raues Lachen, das fast zu einem Schluchzen wurde.

„Arschloch."

Doch sie hatten keine Zeit. Ein weiteres Polizeiboot näherte sich. Klara drehte den Kopf, ihre Augen scannten die Dunkelheit. Sie waren überall. Sie hörte die Stimmen, das Funkgerät einer der Beamten.

„Wir haben Bewegung am Ufer. Bereithalten."

Verdammt.

Leo hustete erneut, versuchte sich aufzurichten, aber seine Arme gaben nach. Er war zu schwach. Klara packte ihn, zog ihn in die Schatten, zwischen zwei umgestürzte Boote. Sie mussten hier raus. Doch wie?

Ihre Kleidung war durchnässt, sie fror bis auf die Knochen, ihr Körper war am Ende. Leo war zu schwach, um zu laufen. Und die Polizei kam näher.

Sie brauchte eine Lösung. Jetzt.

16.2. Die Jagd auf die letzte Zeugin

Klara presste sich in den Schatten der umgestürzten Boote, ihr Atem kurz, ihr Herzschlag wie ein Trommelfeuer in den Ohren.

Das Licht der Suchscheinwerfer wanderte über das Wasser, kam näher.

Hinter ihr hustete Leo, ein schwaches, raues Geräusch. Er lebte – aber für wie lange noch? Sie hatten keine Zeit.

Die Stimmen der Polizisten dröhnten über das Funkgerät.

„Keine Spur der Zielperson. Suchradius ausweiten."

„Verdammt!" fluchte Klara innerlich.

Die Dunkelheit war ihre einzige Rettung – doch wenn sie zu lange blieb, war es vorbei. Sie musste eine Entscheidung treffen. Jetzt.

Sie packte Leo, zog seinen Arm über ihre Schultern.

„Halt dich fest", zischte sie.

Leo versuchte, auf die Beine zu kommen, aber sein Körper war zu schwach.

„Ich wieg... zu viel...", murmelte er.

„Halt die Klappe", fauchte sie. „Ich lasse dich nicht zurück."

Jeder Schritt durch das nasse, schlammige Ufer war eine Qual. Ihr Körper schrie vor Erschöpfung, ihre Muskeln brannten, als hätte sie Feuer unter der Haut. Aber sie bewegte sich weiter.

Meter um Meter, Schritt um Schritt – weg von der Brücke, weg von den Polizisten, hinein in die Finsternis.

Sie wusste nicht, wohin. Nur, dass sie verschwinden musste.

Als sie endlich eine verlassene Seitengasse in Potsdam erreichten, ließ Klara Leo vorsichtig an einer Wand hinabrutschen.

Er keuchte. Seine Wunde blutete wieder.

Er brauchte Hilfe – aber wo?

Klara rieb sich die Hände an den durchnässten Hosen, griff in die Tasche nach ihrem letzten funktionierenden Handy.

Sie musste wissen, was die Welt da draußen über sie dachte.

Sie öffnete eine Nachrichten-App. Und ihre Kehle zog sich zusammen.

Der erste Artikel war wie ein Stich ins Herz:

„Terroristin Klara Voigt verantwortlich für die Explosion an der Glienicker Brücke!"

Der zweite:

„Geheimdienst-Insider: Voigt wollte die Regierung destabilisieren."

Und dann:

„Internationale Fahndung läuft – Voigt gilt als bewaffnet und extrem gefährlich!"

Klara fühlte, wie ihr Atem schwerer wurde. Weber hatte vorgesorgt. Selbst tot hatte er ihr die ganze Stadt auf den Hals gehetzt.

Leo hustete. „Was… was ist los?"

Klara zögerte.

Dann reichte sie ihm das Handy.

Er las. Sein Gesicht wurde noch blasser.

„Oh… Scheiße."

Klara starrte ins Nichts.

Die Nachrichten meldeten, dass der Cyberangriff anhielt.

- Banken waren offline.
- Staatliche Systeme funktionierten nur noch eingeschränkt.
- Die Polizei war überlastet, weil überall Panik ausbrach.

Menschen standen vor Bankautomaten, die nicht funktionierten. Ampelanlagen waren abgeschaltet.

Und über allem hing eine unheilvolle Stille.

Die Regierung – schwieg.

Nicht einmal der Kanzler war öffentlich aufgetreten. Warum?

Weber war tot. Also warum hatte niemand die Kontrolle zurück?

Klara scrollte weiter durch die Nachrichten. Dann blieb ihr Blick an einer Zeile hängen.

„Interims-Sicherheitsrat soll gebildet werden."

„Regierungswechsel steht bevor – Geheimdienste in internen Machtkämpfen."

Ihre Augen verengten sich.

Leo starrte sie an. „Was?"

Sie tippte auf die Meldung.

„Der Kanzler ist nicht erreichbar. Der Vizekanzler übernimmt vorerst alle sicherheitsrelevanten Entscheidungen. Experten befürchten harte Maßnahmen, um die Lage zu stabilisieren."

Klara sog scharf die Luft ein. Das war es. Weber hatte nicht geplant, dass der Anschlag direkt die Regierung stürzte. Er hatte Chaos erschaffen, damit die Macht an die Richtigen fiel.

Leo blinzelte. „Du meinst...?"

Klara nickte langsam.

„Wir dachten, Weber war das Ende. Aber das war er nicht."

Ihr Griff um das Handy wurde fester.

„Jemand anderes steht bereit, um sein Werk zu vollenden."

16.3. Das letzte Versteck

Die Straßen waren ein einziges Durcheinander.

Autos standen verlassen auf Kreuzungen, die Ampeln waren ausgefallen, ihre leeren Augen flackerten ziellos, als hätten sie den Verstand verloren. Menschen rannten mit Handys am Ohr über den Bürgersteig, verzweifelt nach Informationen suchend, die ihnen niemand geben konnte.

Berlin war noch nicht im Krieg. Aber es fühlte sich an wie der Vorabend eines Krieges.

Klara lenkte das gestohlene Auto mit einer Hand, die andere fest um den Schaltknüppel gekrallt. Leo lag auf dem Rücksitz, blass, mit fiebrigen Augen, sein Atem unregelmäßig. Er brauchte Hilfe. Und Klara wusste nur einen einzigen Ort, wo sie sich noch verstecken konnten.

Sie steuerte den Wagen in eine enge, verlassene Seitenstraße. Hinter einem rostigen Zaun lag ein altes Lagerhaus, tief im Schatten der Stadt verborgen.

Es war nicht irgendein Ort. Es war einer von Iljas alten Unterschlüpfen – ein Bunker aus einer Zeit, als er in Berlin noch als Spion im Untergrund gearbeitet hatte.

Klara parkte, sprang aus dem Wagen und öffnete mit einer alten Zugangskarte das rostige Stahltor. Dunkelheit.

Der Geruch von altem Metall und vergessenen Sünden. Hier würde sie niemand so schnell finden.

„Ich dachte schon, ihr seid tot."

Die Stimme kam aus der Dunkelheit. Rau, erschöpft – aber lebendig.

Klara drehte sich ruckartig um. Ilja stand im Türrahmen eines kleinen Raums, sein Hemd blutverschmiert, sein Gesicht gezeichnet von Schmerz und Müdigkeit.

„Ilja…"

Er grinste schwach. „Überrascht? Ich bin schwer totzukriegen."

Er hinkte leicht, hielt sich mit einer Hand an einer Kiste fest. „Ihr seht ätzend aus."

Klara zog Leo aus dem Auto, seine Beine schleiften auf dem Boden. Er war fast bewusstlos. Iljas Gesicht veränderte sich. Das Grinsen verschwand.

„Verdammt. Was hat er?"

„Blutverlust. Infektion. Er stirbt, wenn wir nichts tun."

Ilja biss die Zähne zusammen. Dann kam er in Bewegung.

„Leg ihn auf die Pritsche. Ich habe ein paar Mittel hier."

Während Ilja sich um Leo kümmerte, setzte sich Klara an einen alten Tisch und zog Webers Festplatte aus der Tasche. Sie musste wissen, was noch fehlte. Denn die Stadt war noch nicht untergegangen. Und wenn Weber so weit geplant hatte, dann musste es noch einen letzten Schritt geben.

Ilja kam mit einer Spritze aus dem Nebenraum. „Gib mir fünf Minuten, dann kann er wieder ein bisschen atmen."

Klara nickte abwesend, ihre Augen auf den Bildschirm gerichtet. Sie durchforstete die Dateien. Taktische Berichte. Militärische Einschätzungen. Und dann...

Eine einzige Datei, benannt mit einem Wort: „Hades."

Sie öffnete sie. Und ihr Herzschlag setzte aus.

Webers Plan war nie nur Cyberkrieg. Er wollte Deutschland in einen echten Krieg treiben. Der Cyberangriff war nur der erste Dominostein. Das Chaos war der Treibstoff. Aber die Explosion?

Sie war noch nicht passiert. Und wenn Klara sich nicht irrte, würde sie bald kommen.

16.4. Der Pakt mit dem Teufel

Klara starrte auf den Bildschirm des alten Laptops.

Hades. Ein Wort. Eine digitale Bombe.

Und dahinter? Der endgültige Beweis dafür, dass Webers Plan noch nicht vorbei war.

Doch es fehlte etwas. Jemand wusste mehr. Und dieser jemand war kein Verbündeter. Klara spürte, wie sich ihr Magen verkrampfte. Sie musste einen Teufel aus der Hölle holen.

„Ich kenne nur einen Bastard, der noch die fehlenden Teile hat."

Ilja lehnte gegen die Wand, eine blutige Bandage um seine Seite gewickelt, während er eine Zigarette zwischen den Fingern drehte.

Leo lag auf der alten Pritsche, sein Atem noch schwach, aber immerhin stabiler. Klara drehte sich langsam zu Ilja um.

„Wer?"

Ilja sah sie mit einem Ausdruck an, der ihr nicht gefiel.

„General Dietrich Keller."

Stille.

Klara schüttelte den Kopf. „Nein."

Ilja lachte trocken. „Ja."

„Keller ist ein Verräter. Ein verdammter Opportunist."

Ilja nickte. „Genau deshalb ist er noch am Leben."

Dietrich Keller.

Ex-BND. Ex-General der Bundeswehr. Ex-Patriot.

Er hatte sich vor Jahren von jedem Prinzip verabschiedet, das er mal gehabt haben mochte. Wenn es einen Mann gab, der Webers letzte Kontakte kannte – dann war er es. Und wenn er noch lebte, dann weil er genau wusste, wann er die Seiten wechseln musste.

Ilja nahm einen tiefen Zug von seiner Zigarette. „Er wird uns nicht helfen, weil er es für richtig hält. Er wird uns helfen, weil er weiß, dass es sonst sein Kopf ist, der rollt."

Klara verzog den Mund. „Und wenn er sich entscheidet, uns stattdessen zu verraten?"

Ilja grinste. „Dann sterben wir halt schneller."

Sie hatten keine Wahl. Klara schloss die Augen für einen Moment.

Entweder sie verhandelten mit Keller – oder Webers Plan würde ungehindert weiterlaufen. Sie konnte entweder versuchen, alles unter Kontrolle zu halten...

Oder sie ließ es eskalieren. Und vielleicht würde das den ganzen Apparat mit in die Tiefe reißen.

„Also gut." Sie öffnete die Augen, ihre Stimme war kalt. „Wir holen uns diesen Bastard."

Ilja warf die Zigarette weg, grinste. „So mag ich dich, Voigt."

Während sie sich vorbereiteten, summte Iljas altes Funkgerät plötzlich auf. Ein einziger Satz, verzerrt durch das Rauschen:

„Der Schatten lebt noch."

Ilja runzelte die Stirn. „Was zum Teufel...?"

Klara spürte, wie sich ihr Magen zusammenzog. Der Schatten. Ein Name, den sie nur einer Person zuordnen konnte.

Ilja sah sie an, seine Augen schmal.

„Das ist nicht möglich."

Aber Klara wusste es bereits. In ihrem Innersten hatte sie es immer gewusst.

Sie war nie eine Siegerin gewesen.

Weber war noch nicht tot.

17. Das letzte Opfer

17.1. Das letzte Treffen

Die Stadt atmete schwer. Berlin hatte den Sturm überstanden – aber es war nicht mehr dasselbe.

Die Straßen waren voll mit Menschen, die verzweifelt nach Normalität suchten, doch überall gab es Spuren von Chaos. Die Banken waren noch immer offline, die Regierung versuchte verzweifelt, ihre Kontrolle wiederzuerlangen.

Doch das hier war kein echter Krieg gewesen. Es war ein Probelauf. Ein Test dafür, wie fragil das System war.

Und Klara wusste: Wenn sie jetzt nicht handelte, war es nur eine Frage der Zeit, bis der nächste Dominostein fiel. Weber war tot. Oder? Nein.

Es war nie Weber gewesen. Er war ein Spieler, ja – aber nicht derjenige, der die Figuren auf dem Brett aufstellte. Und jetzt, wo das Spiel fast vorbei war, blieb nur noch ein letzter Zug.

Ilja hatte die Adresse besorgt.

Ein altes Gebäude in Mitte, ein heruntergekommenes Herrenhaus, das vor Jahrzehnten der DDR-Elite gehört hatte.

Klara war allein gekommen. Das war keine Mission. Kein Anschlag. Es war eine Hinrichtung.

Sie trat durch die alten Flügeltüren, der Geruch von altem Holz und kaltem Stein füllte ihre Lungen.

Und dann sah sie ihn. Nicht Weber. Jemand, der noch gefährlicher war. Jemand, der von Anfang an alles kontrolliert hatte.

General Dietrich Keller.

Keller saß in einem alten Ledersessel, ein Glas Whiskey in der Hand. Er wirkte nicht überrascht. Sein Blick war müde – aber nicht besiegt.

„Ich hatte gehofft, dass Sie kommen, Klara."

Klara hob ihre Waffe, doch Keller lächelte nur schwach.

„Bringen Sie es zu Ende, wenn Sie wollen. Aber hören Sie sich vorher an, was ich zu sagen habe."

Klara zögerte. Sie hasste es, dass er recht hatte. Sie hasste es, dass sie wissen wollte, was er zu sagen hatte. Langsam setzte sie sich ihm gegenüber. Ihre Finger blieben fest um den Griff ihrer Pistole gekrallt.

„Weber war brillant", begann Keller, während er das Glas leicht drehte. „Aber er war nur eine Figur auf meinem Schachbrett."

Klara starrte ihn an.

„Sie haben ihn benutzt."

„Benutzt?" Keller lachte leise. „Ich habe ihn erschaffen."

Klara sagte nichts. Sie wusste, dass es wahr war.

Weber war ein Fanatiker gewesen – aber ein Fanatiker braucht jemanden, der ihn auf den richtigen Weg setzt. Jemanden, der ihm Ressourcen gibt. Schutz. Macht.

Und das war Keller gewesen.

„Aber warum?" fragte sie schließlich.

Keller nahm einen Schluck Whiskey, lehnte sich zurück. „Weil dieses Land eine Krise braucht, um sich neu zu ordnen."

Klara spürte, wie ihr Magen sich zusammenzog.

„Sie wollten das System zerstören, um es neu aufzubauen."

„Nein." Keller lächelte. „Ich wollte, dass das System versteht, dass es mich braucht."

Er stellte das Glas ab, beugte sich vor.

„Denken Sie darüber nach, Klara. Was ist nach all dem Chaos passiert?"

Klara blinzelte.

Die Regierung hatte sich zurückgezogen. Neue Machtstrukturen bildeten sich. Ein harter, militarisierter Sicherheitsapparat entstand. Keller nickte, als er ihre Gedanken sah.

„Wir haben gezeigt, wie verwundbar Deutschland ist. Und jetzt haben wir die Erlaubnis, es unverwundbar zu machen."

Er lächelte schwach.

„Weber war nur der Katalysator. Der Narr, der sich selbst für den König hielt. Der Krieg war nie unser Ziel, Klara."

Er lehnte sich in seinem Sessel zurück.

„Unser Ziel war die Kontrolle."

Klara warf einen kurzen Blick auf ihre Waffe. Die Finger um den Griff spannten sich. Sie konnte ihn hier und jetzt töten. Ein einziger Schuss. Aber dann? Würde das wirklich etwas ändern?

Sie wusste die Antwort. Sie konnte die Welt nicht mit einer Kugel reparieren. Aber sie konnte verhindern, dass jemand wie Keller sie weiter zerstörte.

„Ihre Zeit ist vorbei", sagte sie leise.

Keller lächelte, als hätte er das erwartet.

„Glauben Sie das wirklich?"

Klara stand auf. Ihre Hand zitterte nicht mehr. Sie hatte die Entscheidung getroffen.

17.2. Die Wahrheit hat ihren Preis

Berlin war eine tickende Bombe. Obwohl die Brücke in Trümmern lag und Webers Netzwerk auseinanderbrach, war das Chaos noch nicht vorbei.

Es gab noch eine letzte Überraschung. Eine letzte Lüge, so tief vergraben, dass sie alles ändern konnte. Und Klara wusste: Wenn sie das Geheimnis lüftete, könnte es sie das Leben kosten.

Zurück im Versteck lag Leo auf der Pritsche, blasser als je zuvor. Seine Wunde war entzündet, der Schmerz in seinem Gesicht ein stummer Schrei.

Ilja saß daneben, rauchte wortlos. Sein Blick sagte alles. Leo hatte nicht mehr viel Zeit. Klara kniete sich neben ihn, legte eine Hand auf seine Stirn. Viel zu heiß.

„Bleib bei mir, Hartmann", flüsterte sie.

Seine Lippen verzogen sich schwach. „Ich dachte, ich bin der mit den schlechten Sprüchen."

Ilja schnippte die Zigarette weg. „Er braucht einen Arzt, Klara. Sofort."

„Und wo sollen wir den finden? Jeder in dieser Stadt will uns tot sehen."

Ilja zuckte mit den Schultern. „Dann haben wir ein Problem."

Klara ballte die Fäuste. Leo durfte nicht sterben. Nicht nach allem.

Klara zog den Laptop zu sich, öffnete erneut die Datei „Hades".

Es musste noch etwas geben. Etwas, das sie übersehen hatten.

Und dann sah sie es. Ein Ordner, verborgen in den Tiefen der verschlüsselten Daten.

Name: „Der letzte Funke"

Klara klickte ihn an. Und ihr Atem stockte.

„Oh. Mein. Gott."

Ilja lehnte sich näher. „Was?"

Klara konnte es kaum glauben.

„Weber hatte nie vor, den Cyberangriff als finale Waffe zu nutzen."

Sie drehte den Bildschirm, zeigte Ilja die Inhalte der Datei.

„Er wollte die ganze Welt in Brand setzen."

Die Datei enthielt Dokumente, die das Undenkbare bewiesen.

- Illegale Waffenprogramme, die auf deutschem Boden versteckt worden waren.

- Verbindungen zu hochrangigen Politikern in mehreren Ländern.

- Geheime Operationen, die nie hätten existieren dürfen.

Und das Schlimmste? Ein geplanter Angriff, der den Cyberkrieg als Vorwand nutzen sollte, um etwas viel Größeres auszulösen. Ein Krieg, der niemals aufhören sollte.

Klara schüttelte den Kopf. „Wir dachten, Webers Ziel war Chaos."

Sie blickte Ilja an.

„Aber das Chaos war nur der Weg. Sein Ziel war Krieg."

Ilja pfiff leise. „Und das hier... das ist der Zündstoff."

Klara spürte, wie ihr Herzschlag raste. Wenn sie diese Informationen veröffentlichte...

Es würde alles zerstören. Regierungen würden fallen. Die Welt-
ordnung würde erschüttert werden.

Und sie? Sie würde nicht lange genug leben, um es zu sehen.

Klara starrte auf den Bildschirm. Sie hatte zwei Optionen.

1. Sie behielt die Informationen für sich.
Der Krieg würde vielleicht verhindert werden. Aber das System
würde weiter existieren. Die Drahtzieher würden einfach neue
Spieler auf das Schachbrett setzen.

2. Sie veröffentlichte alles.
Die Wahrheit würde ans Licht kommen. Doch es würde das
Land ins Chaos stürzen. Und sie würde zur meistgejagten Per-
son der Welt werden.

Leo hustete schwer. Er war noch nicht einmal wieder bei Be-
wusstsein.

Ilja sah sie an. „Egal, was du tust, Klara – das hier endet nicht
sauber."

Klara nickte langsam. „Ich weiß."

Sie traf die Entscheidung. Und sie wusste, dass es ihr letztes
Opfer sein würde.

17.3. Ein neues Spiel beginnt

Der Morgen nach der langen Nacht war still. Kein Sirenenlärm
mehr. Kein Maschinengewehrfeuer.

Die Brücke stand noch, aber sie war eine Ruine ihrer selbst.
Die Welt hatte ihre Aufmerksamkeit darauf gerichtet – auf das
Symbol eines Kalten Krieges, welches nun die Narben eines viel
moderneren Krieges trug. Berlin war nicht gefallen. Aber es
war auch nicht mehr dieselbe Stadt.

Die Regierung veröffentlichte vage Erklärungen. Der Cyberangriff sei „unter Kontrolle". Die „Terroristen" seien „eliminiert oder auf der Flucht".

Man bemühte sich, Normalität vorzutäuschen. Aber Klara wusste es besser. Nichts würde je wieder normal sein.

Webers Netzwerk war gefallen. Doch das bedeutete nicht, dass das Spiel vorbei war. Klara hatte die Daten veröffentlicht. Die Wahrheit war draußen. Die Welt hatte gesehen, was hinter verschlossenen Türen geschah.

Und was war passiert?

- Proteste in mehreren Ländern.

- Geheimdienstchefs, die zurücktraten – oder „verschwanden".

- Ein Machtvakuum, das gefüllt werden musste.

Aber Klara wusste: Für jeden gestürzten Spieler gab es einen, der bereit war, dessen Platz einzunehmen. Und einige hatten sich bereits in Stellung gebracht. Klara stand auf einem verlassenen Dach, ihr Blick schweifte über Berlin.

Ilja trat neben sie, hielt zwei Zigaretten hoch. „Noch immer keine Raucherin?"

Sie schüttelte den Kopf.

Ilja grinste, zündete sich eine an. „Die Welt brennt – und wir haben das Feuer gelegt."

„Haben wir gewonnen?" murmelte Klara.

Ilja blies den Rauch aus. „Kommt drauf an, was gewinnen für dich bedeutet."

Klara wusste, dass sie nie zurückkehren konnte. Die Welt war jetzt anders. Und ihre Spuren darin würden nie verblassen.

Leo war in Sicherheit – in einer Klinik, mit neuer Identität.

Ilja würde sich irgendwohin absetzen, wo er unauffällig bleiben konnte.

Und sie?

Sie war die Einzige, die keine Vergangenheit mehr hatte.

Keinen Namen. Keine Heimat. Nur eine Frage.

Hatte sie wirklich gewonnen? Klara zog die Kapuze hoch, drehte sich um und verschwand in der Menge.

17.4. Ein letzter Blick auf die Brücke

Klara ging langsam die Straße entlang. Die Luft war kühl, der Himmel wolkenverhangen. Ein dünner Nebel hing über der Havel, ließ die Welt zwischen Realität und Geisterreich schweben.

Die Stadt pulsierte irgendwo hinter ihr, voller Leben, voller Lärm, voller Menschen, die weitermachten, als wäre nichts geschehen.

Doch hier, an diesem Ort, war die Zeit stehen geblieben. Die Glienicker Brücke. Sie stand noch. Aber sie war nicht mehr dieselbe.

Das Metall war gesprungen, Risse zogen sich durch das alte Pflaster, an manchen Stellen war das Geländer verbogen, verkohlt.

Hier war der Krieg gewesen. Hier hatten Männer geschossen, sind gestorben, haben verraten. Hier hatte sie alles verloren – und alles gewonnen.

Und doch...

Die Menschen, die jetzt über die Brücke liefen, wussten nichts davon. Touristen machten Fotos, als wäre es nur ein weiteres

Stück Geschichte. Radfahrer fuhren darüber, auf dem Weg zur Arbeit. Ein alter Mann fütterte Tauben am Rand. Die Stadt drehte sich weiter. Egal, wie tief die Wunden waren.

Klara blieb in der Mitte der Brücke stehen. Ihre Hand glitt über das kalte Metall des Geländers, genau an der Stelle, wo sie vor Tagen in Deckung gegangen war, während die Kugeln pfiffen.

Hier hatte Leo geblutet. Hier hatte Weber gelächelt, kurz bevor er gefallen war. Hier hatte sie sich entschieden, wer sie sein wollte.

Sie sog die Luft tief ein. Ein Teil von ihr hatte geglaubt, dass es anders enden würde. Dass Gerechtigkeit mehr wäre als nur ein Kompromiss.

Aber das war die Wahrheit:

Es gab keinen endgültigen Sieg, nur den nächsten Schachzug – und einen neuen Spieler, der bereit war, ihn zu machen.

Und irgendwann würde die Stadt wieder brennen. Aber nicht heute.

Klara griff in ihre Jackentasche, zog den alten gefälschten Ausweis heraus, den Ilja ihr gegeben hatte.

Ein neuer Name. Ein neues Leben.

Sie drehte sich langsam um, sah ein letztes Mal auf die Brücke zurück.

Dann ging sie.

Und sie kam nicht wieder.

Epilog – Die Welt vergisst, aber die Schatten bleiben

Irgendwo in Europa. Ein neuer Morgen.

Der Zug ratterte sanft über die Schienen, ein gleichmäßiges Summen, das sich mit dem Murmeln der wenigen Fahrgäste vermischte.

Klara saß allein in einer Ecke eines Waggons, die Kapuze tief ins Gesicht gezogen, den alten Rucksack fest an sich gedrückt.

Draußen zog die Landschaft vorbei – weite Felder, schlafende Dörfer, eine Welt, die nichts von dem ahnte, was in den letzten Tagen geschehen war.

Eine Welt, die weitermachte, als wäre nichts gewesen. Genau so musste es sein.

Sie griff in ihre Jackentasche, zog den kleinen Ausweis hervor. Eine neue Identität. Eine neue Existenz.

Ein Name, der nicht der ihre war. Und doch...

Klara drehte den Ausweis zwischen den Fingern, betrachtete die Buchstaben, als könnten sie ihr verraten, wer sie nun sein sollte.

Es gab keinen Feind mehr, den sie jagen musste. Keine Lügen mehr, die sie aufdecken musste. Zum ersten Mal seit langer Zeit war die Welt nicht mehr ihre Schlacht.

Die Frage war nur – wer war sie, wenn sie nicht mehr kämpfen musste?

Ein leiser Nachrichtenton summte aus dem Handy des Mannes, der schräg gegenüber von ihr saß.

Klara warf einen kurzen Blick auf den Bildschirm.

"Berlin stabilisiert sich nach den Unruhen. Regierung sichert Reformen zu."

Ein schöner Satz. Eine schöne Lüge.

Die Wahrheit war nicht verschwunden – sie hatte sich nur in die Schatten zurückgezogen, wartete auf den nächsten Moment, um sich zu zeigen.

Doch das war nicht mehr ihre Sache. Nicht mehr heute. Vielleicht nie wieder.

Sie lehnte den Kopf gegen die Fensterscheibe, spürte die sanfte Vibration des Zuges.

Der Sturm war vorüber. Die Narben würden bleiben.

Aber die Sonne würde wieder aufgehen.

Für Berlin. Für Leo. Für sie.

Und das war genug.

Mit dem Ende dieser Geschichte haben Sie, liebe Leserinnen und Leser, nicht nur eine Reise voller Intrigen, Verrat und Entscheidungen hinter sich gelassen, sondern auch einen Blick in die Abgründe und Grauzonen unserer Welt geworfen.

Vielleicht gibt es keine endgültigen Siege, keine perfekten Abschlüsse.

Die Welt ist kein Ort für Helden oder Schurken, sondern für Menschen, die versuchen, das Richtige zu tun – auch wenn sie nie sicher sein können, ob es genügt.

Vielleicht geht es nicht darum, die Vergangenheit hinter sich zu lassen, sondern mit ihr weiterzugehen, ohne sich von ihr fesseln zu lassen.

Jeder trägt Narben, einige sichtbar, andere tief verborgen. Doch am Ende zählt nicht, wo wir waren, sondern wohin wir gehen.

Die Welt dreht sich weiter, ob wir bereit sind oder nicht.

Und vielleicht liegt darin der wahre Trost: dass jeder Tag eine neue Möglichkeit ist, weiterzumachen – nicht perfekt, nicht fehlerfrei, aber mit der Hoffnung, dass es am Ende doch einen Sinn ergibt.

In Verbundenheit,

Peter Grosche

Mehr vom Autor

Weitere Buchtitel von Peter Grosche finden Sie in jedem gut-sortierten Buchhandel, in über 1000 Online-Shops und auf der Autoren-Webseite:

www.PeterGrosche.de

- Kinderbücher:
  Zum Vorlesen und Selberlesen

- Jugendbücher:
  Satire und Krimis

- Für Erwachsene:
  Krimis und Thriller

- Sachbuchbereich:
  Lehrhefte für Keyboard und Klavier

  www.Keyoardlernen.de
  www.Klavierspielen24.de